JN126115

定家の文

―百人一首の向こう側―

合六廣子
Gouroku Hiroko

郁朋社

おもふ
なみ
おもふ
おもふ
をし
おもふ
いのち
かたし
いのち
さびしさ
おもふ
やま
和泉式部
おもふ
(昼)
おもふ
(夜)
西行法師
なげく
かこつ
なみだ
おもふ
うし
なみだ
わぶ
おもふ
いのち
参議篁
しま
あま
わたのはら
鎌倉右大臣
かなし
あま
後鳥羽院
をし
うらめし
あぢきなし
おもふ
前大僧正慈円
おほけなし
うし
そま
やま
こひす
おもふ
法性寺入道前関白太政大臣
おき
わたのはら
しま
あま
うらむ
こひ
をし
かひなし
をし
夜
をのへ
やま
おき
しほひ
なみ
まつ
なみ
やま
わかれ
まつ
やま
みね
小式部内侍
やま
あま

（口絵１）

えし
鹿
やま
庵
天智天皇
庵
持統天皇
やま
安倍仲麿
天
やま
陽成院
こひ
みね
なく
おもふ
鹿
やまのおく
やま
やま
こひし
やま
なく
かなし
おく
やま
鹿
大納言経信
まろや
従二位家隆
崇徳院
あは
おもふ
たき
うらむ
在原業平朝臣
龍
神
龍
やま
権中納言定頼
あさぼらけ
大納言公任
たき
謙徳公
あはれ
いたづらなり
おもほゆ
菅家
神
やま
貞信公
みゆき
やま
みね
源俊頼朝臣
うし
はげし
いのる
やま
こひ
おもふ

（口絵２）

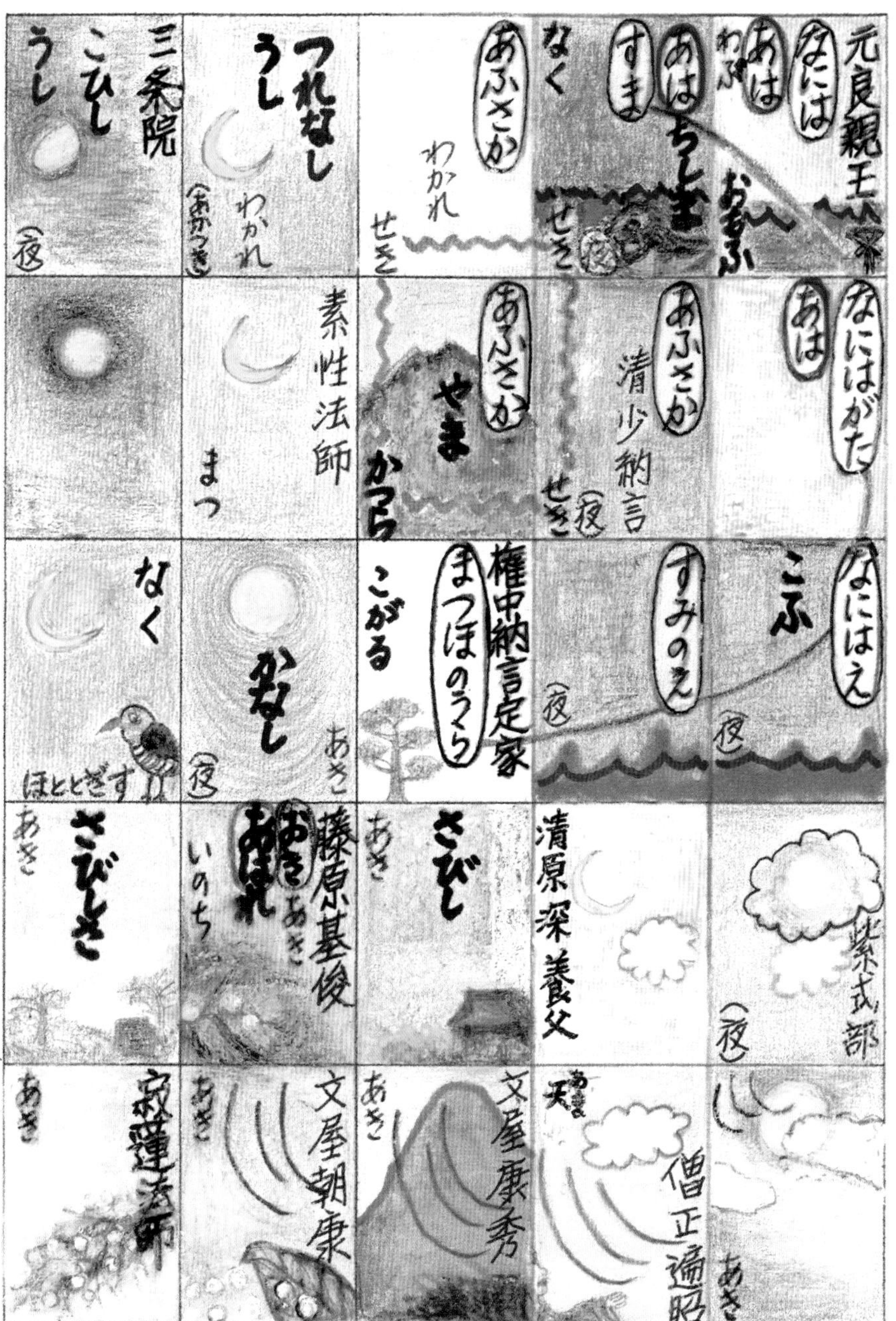
元良親王
なには
あは
わぶ
おもふ
あは
すま
なく
あはぢしま
せき
(夜)
あふさか
わかれ
せき
つれなし
うし
わかれ
(あかつき)
三条院
こひし
うし
(夜)
なにはがた
あは
あふさか
清少納言
せき
(夜)
あふさか
やま
かづら
素性法師
まつ
なにはえ
こふ
(夜)
すみのえ
(夜)
権中納言定家
まつほのうら
こがる
かなし
あき
(夜)
なく
ほととぎす
紫式部
(夜)
清原深養父
さびし
あき
藤原基俊
おき
あはれ
あき
いのち
さびしさ
あき
あき
僧正遍昭
文屋康秀
あき
文屋朝康
あき
寂蓮法師
あき

（口絵３）

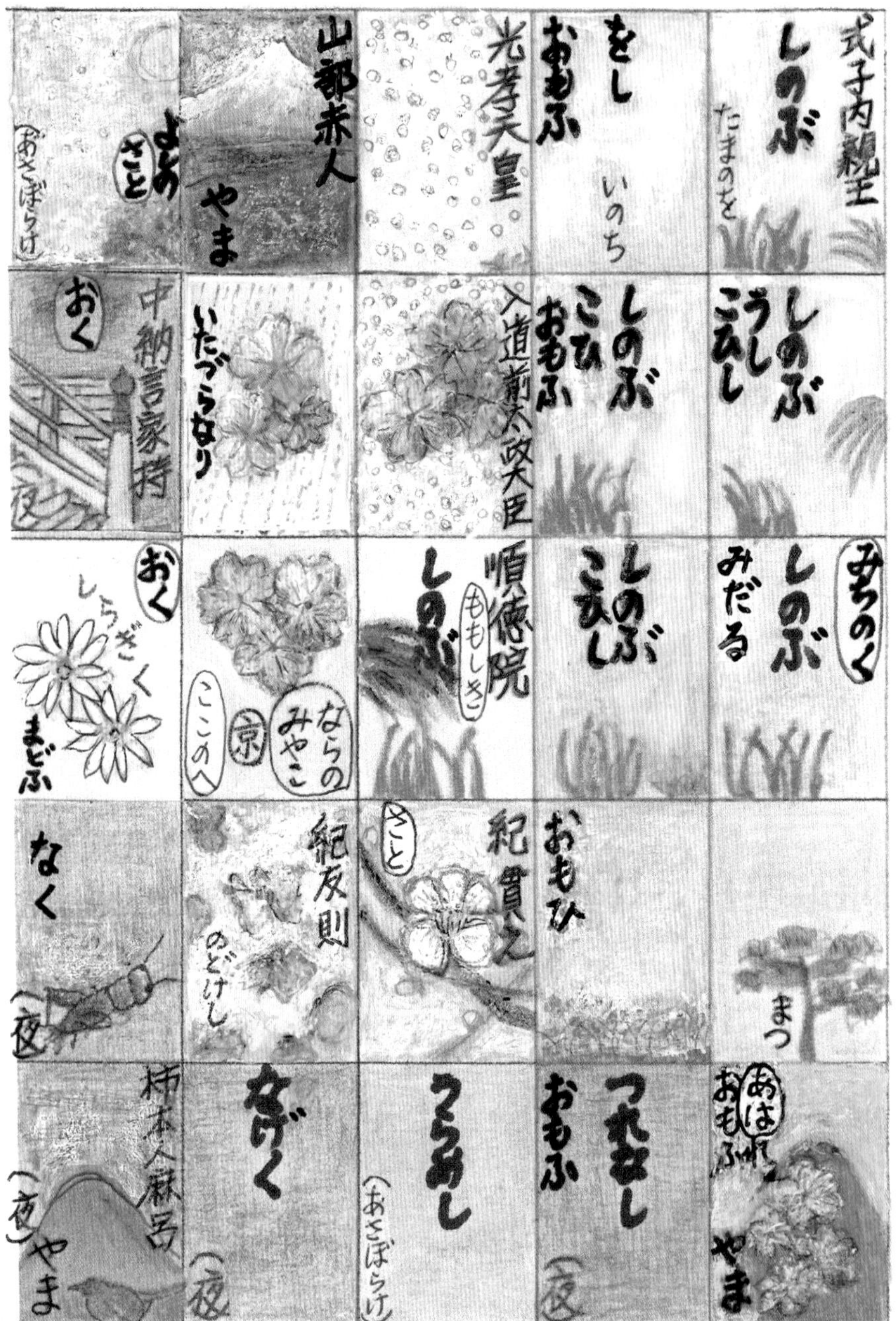
式子内親王
しのぶ
たまのを
をし
おもふ
いのち
光孝天皇
山部赤人
やま
よの
さと
あさぼらけ
しのぶ
うし
こひし
しのぶ
こひ
おもふ
入道前太政大臣
いたづらなり
中納言家持
おく
夜
みちのく
しのぶ
みだる
しのぶ
こひし
順徳院
ももしき
しのぶ
ならの
みやこ
京
ここのへ
おく
しらぎく
まどふ
まつ
おもひ
紀貫之
さと
紀友則
のどけし
なく
夜
あはれ
おもふ
やま
つれなし
おもふ
夜
うらめし
あさぼらけ
なげく
夜
柿本人麻呂
夜
やま

（口絵４）

定家の文
——百人一首の向こう側——／目次

装丁／宮田麻希
装画／合六廣子

定家の文

――百人一首の向こう側――

序章「かごめかごめ」

瀬戸のキラキラと輝く内海に近い地。

空はどこまでも高く、澄みわたっている。このところ、陽のぬくもりを恋しく思うようになってきていた。遠くに童べの声が聞こえる。暑かろうと寒かろうと雨風が降ろうと吹こうと、童は、いつも元気に大地を踏みしめて走り回る。「わーぁ」「ぎゃー」「あーっ」「きいーっ」と奇声をはりあげ、屈託がない。

「あのような頃がわらわにもあったのか」

ススキがおいでおいでと招く道端の叢（くさむら）に腰をおろした市女笠（いちめがさ）の女人は、過ぎ去りし日を思い出そうとゆっくりと瞼を閉じた。頬にかかる髪の幾筋かに白いものが混ざっている。

「あねさん」

「あねさん」

「ねぶたいん」

「えらいんか」

いつのまにか、童べがそばに来ていて、こちらをのぞきこんでいる。皆ニコニコして白い歯が見えている。黒い小さな頭の並んだ向こうには抜けるような青空が広がっていた。

「ねえ、あねさ、遊ぼ。この前の遊び覚えたけぇ、ちーとばぁー、遊んでつかあさい」

「そうじゃ。そうじゃ」

うなずきながら口々に叫ぶ。

「あ・そ・ん・で・つ・か・ぁ・さ・あ。あ・ね・さ・あ」

一番小さな女童のたどたどしい物言いに笠の下に自然と笑みが浮かぶ。

「ええよ」

「ほんじゃあ」


広い場所へ連れていかれる。みんなで手をつないで円を作る。じゃんけんして負けた者が一人、円の真ん中に入って、両目を両手でふさぐ。他の者は、そのまわりを、ゆっくりと歩みながら、まあるく口を開いて大きな声で歌いだす。

かごめ
かごめ
かごの
なかの
とりは

いつ
いつ
でやる
よあけの
ばんに
つると
かめが
すべった
うしろの
しょうめん
だあれ
かごめ
かごめ
かごの
なかの
とりは
いつ
いつ

でやる
よあけの
ばんに
つると
かめが
すべった
うしろの
しょうめん
だあれ

——十三世紀初期、日の本の国の体制が揺らいでいた。武者が台頭し、力を鼓舞し、それまでの朝廷の権威が尽(ことごと)く脅かされて実権がなくなっていた。

1　定家の勅勘（ちょっかん）

夕べは風が蔀（しとみ）をカタカタと叩き、季節はずれの野分が来たようだった。今日は風もなく、うららかな日差しが母屋まで伸びていた。そんな一日が早くも暮れようとしている。西の空は、赤く色づき、夕焼け雲が細くたなびいている。

都。御所近くの京極邸。

京極殿（藤原定家）は、簀子（すのこ）に立ち腕組みをしながら、夕明かりに照らし出された前栽（せんざい）をしばし眺めた。白い花の蕾をつけた八重桜が、けなげに、その枝先をヒンヤリとした中空にさしだしている。それを見届けて、また、仏間に戻り目を閉じて端坐（たんざ）した。

小半時もたっただろうか、家人の甲高い声が響いた。

「御使が、また、お越しどすえ」

参内（さんだい）の催促は、これで三度目。これ以上、固辞する訳にいかぬか。

重い腰を上げて、夕日の輝く方角を見やった。先ほどの光も次第に弱くなっていて、あたりが薄闇に包まれるのも間もなくだろう。

「今日は他でもない。大事な母上様の二十八回忌。ひねもす、母上の後世（ごせ）を弔（とぶら）いたかったというに。それもさせぬというのか」

背をまるめ、唇をかんだ。数珠を持つ手が震えた。足元を冷たい風が流れる。

承久二年（一二二〇）二月十三日。順徳天皇主催の内裏歌会。

定家は、母の遠忌の為出席できない旨、事前に申し出ていた。今までもずっと親の遠忌の際はその旨を申し出て認められていた。が、今日に限って、忌日をはばからず参上せよという再三の仰せで無理矢理、参加させられた格好であった。

そして、事件は起こった。

あろうことか、彼が詠んだ一首が後鳥羽院のご機嫌を損ねたのである。

「京極殿が詠まはったお歌にえろう上皇様が怒らはって、京極殿なぁ、蟄居を命ぜられたそうじゃ」

勅勘である。院のおとがめによって、彼は公の活動、歌を詠むことを禁じられた。歌人として、これほど致命的なことがあろうか。父俊成から受け継いだ歌道師範御子左家という家名に泥を塗ったことになる。

狭い公家社会の人々は、驚きと好奇の心をもってこれに接したので、噂は瞬く間に広まった。この時、定家が詠んだ問題の歌は、次のようなものであった。

道のべの野原の柳したもえぬあはれ嘆きのけぶりくらべに

表面上の歌意は、「道のほとりの野原の柳の新芽が萌え出ている。ああ、思いがくすぶって出てくる嘆きの煙と競い合うかのように」とでもなるだろうか。一体、この歌のどこが、何が、悪かったのか。いつもあんなに京極殿をこうてはる鷹揚(おうよう)な上皇様が何故ご立腹あそばされたのか。しかし、誰も明確にこれを説明できる者はいなかった。

この歌は、菅原道真公の歌をもとにしていて、わが身は賢臣であるにもかかわらず、出世が遅いと嘆き、不満を訴えていたからではないのか。禁忌のことばが含まれていたからなのか。いや、いや、歌そのものというより、なにより、あの癖のある京極殿当人への不快なお思いが、上皇様とて、あらしゃって、たまりにたまって、ついに噴き出したものではなかったか、などなど。人々はそれぞれに自説を述べ、事の真偽を推し量った。そして、詰まる所は、京極殿の性格に問題有りということで、この件は落ち着いたようであった。

当の定家も、驚きを隠せず、当惑せざるをえなかった。院の尋常ならざる御怒りはどこからきているのか、うかがいしれなかった。

定家は門を閉ざし屋敷にひきこもって謹慎することを余儀なくされた。わが身の上に起こったことを認識するには時が必要であった。時が解決してくれるはずだった。

つらつら思いをめぐらすに、昔、宮中で事をしでかし、除籍処分にあったことが思い出された。己より年下ではあるが、位は上だった源雅行の度重なる無礼に対し、腹に据えかねて、そばにあった脂燭(しそく)で殴打したのだ。あの折は、父が方々駆け回って息子の除籍が解けるよう、はからってくれた。

今更ながら、改めて、親の子への思いの深さがわかった。なんと、親というものは有り難かったか。

今や、己の窮地を打開せんといろいろ手をつくしてくれる父も、身近で慰め、ささえてくれる母ももういなかった。家人達は、はれ物に触るがごとく、だんまりを決めこんでいた。頼りになる者や相談できる者は誰もいない。

しかし、なにはともあれ、何故このようなことになったのか、検証する必要性に今は迫られていた。昔の暴力事件の時とは異なり、こたびは己には何の非も無いと思えた。

あの歌会が催された日は、母の遠忌であったが故、欠席の申し出をしていた。それなのに、再三の「出仕せよ」という仰せに不承不承参内した。その時に持参した歌の一首に、彼は己の現在の不満を皮肉たっぷりに盛り込んだ。

あの歌の真意に院はきっと気づかれたのであろう。しかし、あれが、これほどのおとがめを受ける類のものだったのか。どうにも合点がいかないのである。

後鳥羽院と己との来し方が思い起こされる。

武者どもの戦。平家と源氏の戦。天皇の外戚となった平家は、寿永二年（一一八三）、六歳の安徳天皇（後鳥羽院の母違いの兄）を擁し奉り、西国へ落ちた。その後、祖父の後白河法皇のお目にかなった後鳥羽天皇が、四歳で即位された。その頃から侍従としてずっと定家は後鳥羽天皇にお仕えした。己の能力が高く評価され、内昇殿（ないしょうでん）が許され、宮中のサロンの中心的歌人としての待遇が与えられた。人は誰でもそうであるが、己を認めてくれる者には精一杯それに応えたいと思うものだ。特に定家は人一倍それが強かった。

院は、豪放磊落（らいらく）、文武両道に秀で、人間的魅力にあふれていた。定家はそこに自分に無いものを見た。主従の関係だけでなく、人間的にも好きであった。以心伝心というが、その思いは十分に伝わっていたはずだ。院が己へお向けになる御まなざしは信頼に満ち満ちていて、あたたかかったはずだ。

いつ頃からだったのか、その相思相愛状態があやうくなりはじめたのは……。

それは、新古今和歌集撰進の頃からでなかったか。

建仁元年（一二〇一）、第八番目の勅撰和歌集の院宣があった。撰者の名誉を賜ったのは、定家以下六名の歌人である。元久二年（一二〇五）、新古今和歌集のとりあえずの成立の後も院による切継ぎ（改訂）が行われ、それは、建保四年（一二一六）頃まで続いた。

撰者を拝した当初、小躍りせんばかりに喜んだ定家であったが、すぐに己の甘さ加減を思い知らされた。なにぶん、妙に院が撰歌に口をはさみ、手も出してきた。勅撰和歌集において、天皇が内容に注文をつけるというのは聞いたことがなかった。

撰者一同は、この前代未聞のなさりように大いにとまどった。われらを信じ、一任してくれれば良いものを。ある時などは撰者達が幾晩もかけ、ようやく奏覧したものが、一夜で院による切継ぎがなされ、撰者にさしもどされた。

承り、やり直すが、それがまた、やり直されたりした。院の新古今に対する、この異常ともいえる情熱・過干渉は、撰者達を動揺させ、嘆かせ、やる気をなくさせた。

撰者達のなかでもとりわけ、己の考えに自信を持ち、それに固執する定家のいらだちは容易におさまるものではなかった。たびたび、院とのやりとりで、定家は自説を主張し、すぐにそれを曲げようとしない場面も見られた。

新古今和歌集の中に院が側近の僧慈円と交わされた歌がある。

次のようなものだ。

十月許に、水無瀬に侍りし比、前大僧正慈円のもとへ、「濡れて時雨の」など申し遣はして、次の年の神無月に、無常の歌あまたよみてつかはし侍りける中に　　太上天皇

思ひ出づる折り焚く柴の夕煙むせぶもうれし忘れ形見に

御返し　　前大僧正慈円

思ひ出づる折り焚く柴と聞くからにたぐひ知られぬ夕煙かな

この二首は、院の寵姫(ちょうき)尾張局の死の翌年に水無瀬殿(後鳥羽院離宮)に引きこもりなさり詠み交わされた贈答歌(各十首)の一部といわれている。

数多の女性の中の一人にさえ、こない、おなさけをおかけなされ、ご自分は一周忌にあれだけの「あはれ嘆きのけぶり」の哀傷歌を交わしてはるにもかかわらず、どないなことや、わしが亡母の追善供養をきちんと果たしたいと願う心をお察しいただきたかった……。定家は、この歌の中でこのように訴えたかった。

道のべの野原の柳したもえぬあはれ嘆きのけぶりくらべに

これが勅勘になるほどのものか。たとえ、この歌の中にひそむ皮肉にお気づきになられたとしてもだ。いつものように、「阿奴め、ほんに阿奴らしい。また、ぐちぐち……」とお笑いになって済まされる程度のものだったはずだ。

彼は、初め、戸惑い、そして思いを巡らした結果、ついには第三者への不審感を募らせたりした。いつぞやあったような誰ぞの讒言（ざんげん）がこたびもあり、それは己を陥れようとするものではなかったかと。

この突然もたらされた不面目は、彼にとって、突然ふりかかった災難とも言えた。老境にさしかかった、貧相な一人の男は逡巡（しゅんじゅん）し、進退窮まり、己の不幸を嘆き、その運命を呪（のろ）った。夜半に呟き込むこともしばしばだった。眠れない夜が続いた。

そういう日々の中で、順徳天皇や慈円やその他の歌仲間が、傷心の彼を慰め、いたわりのことばをかけてくれるのがせめてもの救いになった。それでも、和歌の宗家として、父俊成から受け継いだ御子左家の名を汚してはならぬ。ここは踏みとどまって精進しようという前向きの気持ちになるまでに、ふた月ほどは要したのである。

定家は、院がまたいつの日か、ご機嫌を直され、笑みかけてくださる日が来ることを信じて疑わなかった。勅勘は、なにかの間違いである。天地神明にかけて、己は誰にもはばかることはない。その折は、どのような嫌味を遠回しに奏上しようかとも考えた。己をこのような境遇に追いやった院を、まだ彼は心の底では決して許していなかったのである。

勅勘が解けるまでの間、無為に日を送るわけにいかない。その日まで、仕事として、彼は、古典を書写・整理することを思いついた。今のままでは、後世に伝えるには、おぼつかなきものが数多あった。京極家子孫の為に後世の人の為に、古典をきちんとした形で正確な状態で残し、伝えていく必要性・責任を常々感じていた。

伊勢物語、土佐日記など古い冊子を写すのは、たいそう骨が折れる仕事である。さまざまの人の手が入り、長い年月写されてきたせいか、墨が薄くなっていたり、書き癖があったり、文法の誤りや誤字脱字などが多くみられた。が、そのたびに拙速な対応で訂正せぬよう慎重には慎重を期した。定本が見当たらない場合は、可能な限り、数多の冊子を集めて、それらを比較して、より、もとの形になるよう正確に写すことをこころがけた。歌に対すると同じ態度をここでも彼は見せたのである。

この緻密な作業のためには、彼が後世に残した古典書写という大きな業績のためには、皮肉ではあるが、定家が被った不幸なこたびの勅勘は、文学史上ではたいそう有意義なものになったと言える。

京極家の家司（けいし）や家人らも動員して取り組んだ。皆も、この気難しい主人に従って、黙々とよく協力してくれた。筆をとる者、墨を擦る者、紙を広げる者、まるめる者、乾かす者、皆が同じ目標に向かって心をかよわせた。久しぶりに、屋敷内には充実した空気が流れていた。定家も、それに取り組んでいる時はこのところの憂さを忘れることができた。

承久二年（一二二〇）の春は、そういう訳で花見どころではなかった。いつか、蛙が鳴きはじめた。

夏の終わり。木の葉が色づいて、都に雪が一面に白く積もり、まもなく桜の花がパッとあでやかに咲く候となった。一年の巡りなど本当にあっという間だ。

定家の勅勘は、まだ解けていない。

2　承久の乱

五月雨の合間の陽射しがまぶしくなり始めた頃だった。昨日まで平穏に暮らしていた都の人々を仰天させる天変地異のごとき、いや、それ以上の出来事が都大路に展開した。

承久三年（一二二一）五月十五日。

朝方、まだ夜が明けきっていない頃、馬の蹄の音が、パカパカと遠くでひっきりなしに聞こえた。時々、雄叫びのような声も四方からあがる。その後、ややこの泣き声や荷車のきしむ音が間近に聞こえた。ただならぬ外の気配に、ついに定家は起き上がり、枕元の護身用の刀を手にした。そして、家人が制止するのも聞かず、夜着のまま屋敷の外に出てみた。東の空は白みはじめているが、土埃（つちぼこり）で、しばし、あたりが見えないほどだ。

目をこらしてみると人影はない。大路の向こうに出てみると、いつもは見かける旅の者も通ってなかった。ただ、家財道具を荷車に乗せるだけ積み込み、大慌てで逃げる家族づれがそこここに見られた。前方から小走りでこちらに進んでくる老女が濁った眼で虚空をみつめ、口のはしに白い唾をためながら、ぶつぶつひとりごとのようにつぶやいた。

「いくさが始まるんじゃ。いくさが始まるんじゃ。おそろしいこっちゃで。おそろしいこっちゃで」

一体、何が起きたのか。一体、何が起こるのか。われらはどうなるのか。なにもわからない。ただ、世の中の何かが着実に変化するような気配があった。

しかし、彼は、ただ、茫然と立ちつくすのみだった。己は、無力ということだけをその冷えた身に存分に感じた。

いつの間にか、あたりが明るくなっていた。冷えた体も少しほぐれてきた。すると、近所に住む御隠居が右腕を前方に何度も押し出してこちらに向かって戻れの合図をしているのに気付いた。御隠居は近づいてきて笑顔で言った。

「京極殿、いんだ方がよろしおすえ。いくさが始まるとかで武者どもが仰山、集まってます。この都で、始めてほしゅうないけどなあ。とにかく、わしらにはなんも関係あらしまへん。知らんことどすがな」

遠くから、ときの声がそこここにあがり、何かを叫んでいるが、何と言っているのかわからない。鳥が騒ぎ、犬の遠吠え、どなり声、童の泣き叫ぶ声が遠くで聞こえたり近くで聞こえたりした。向こうのなだらかな緑の岡の上に、白い旗が翻っているのが見える。今までも武者が都に集まることはあったが、これ程大がかりではなかったような気がする。

この日の夕刻、金吾（為家）が興奮気味に今日の出来事を知らせに来た。近畿の武者どもや寺の僧兵どもに召集がかかり、彼等がぞくぞくと馳せ参じている。東国の北条義時を討つべしという宣旨が出たことなどを早口で話した。

金吾は定家の嫡室の長男である。この金吾を後継者と定め期待を寄せているが、どうも、この者は、昔から落ち着きに欠け、軽さが目立ち、いささかこころもとなかった。総領の器有りや不安である。もっとも、人づきあいが良く素直で明るく、人に好かれる性格なぞは定家の父俊成によく似ていた。

案外、世を渡る術は心得ていて己より出世するかもしれないがとも思う。

ところで、北条義時とは、故源頼朝の妻北条政子の実弟である。頼朝の息子達が北条氏らによって殺され、源氏の嫡流が絶えて後、幕府の実権を握り采配をふるっていた。頼朝は、姻戚の北条氏に幕府を乗っ取られたと言っても過言ではないだろう。

都は、その日から一層喧(かまびす)しくなっていった。多くの武者やその従者どもが都に集い、大路にあふれた。彼等の言動は荒く、大声のお国訛りが都の風情を一変した。

そういう中にあって、定家は、外界で行われていることは成り行きは我関せずとばかりに日を送っていた。つまり、蟄居後とりかかっていた古典の写本を続けた。というか、それしか、今の彼にできることはなかった。

こたびほど、己の無力を完膚(かんぷ)なく知らされたことはない。己の知らない所で世の中が大きく移り変わろうとしていた。が、その舵取りの中心に当然のことながら中流貴族の己なぞ含まれていなかった。ましてや、今は勅勘を被った身なのである。

承久三年五月廿一日午(ウマ)ノ時之ヲ書ク、〈中略〉微臣ノ如キ者、紅旗征戎吾ガ事ニ非ズ、独リ私廬ニ臥シ、暫ク病身ヲ佑扶(タス)ク、悲シイカナ〈後略〉(藤原定家の書写本「後撰集」奥書より　原文は漢文)

承久三年(一二二一)五月十九日、関東の武者どもを取り込もうと発した都からの宣旨の使いが幕府側に捕えられた。朝廷側の意向に気づいてからの幕府の判断・行動・措置は迅速で的確だった。既得権を奪われてもいいのかと扇動された東国の武者らは、北条政子の叱咤激励に送られ、武装して、必死に都に駆け上った。それに反し、朝廷側の武者らは、日和見で当初予定した程には集まらなかった。

そういうわけで、戦う前から勝敗は決まっていた。朝廷側の惨憺たる結果で終わるのは、火を見るより明らかだった。あっという間に戦は終わり、朝廷側の主だった武者や公家、僧、神官達は斬首されたり、追放されたりした。

そして、なんと驚くことに、処分は、後鳥羽院や順徳院その皇子達にまで及んだ。二上皇は、出家なされた。七月十三日、後鳥羽院は隠岐島（現島根県）に遷されることになった。院の実際の隠岐御到着は八月五日であった。七月二十日、順徳院は佐渡島（現新潟県）へ遷されることになった。お供に、定家の息子為家の名があがった。為家は順徳院のお気に入りの遊びの友であった。

定家は、この時まで、多くの知り合いが戦の責任を負う形で成敗されるのを目の当たりにして日一日と、口数が少なくなって生気がなくなっていた。しかし、順徳院のお供に為家の名が出たのを知ると、それまでの様子を突然豹変させた。目が覚めて、気力をとりもどしたようだった。板の間から飛び上がるようにして、彼は息子にこう言い放った。

「金吾、お供はご辞退申すように。父の命令である。今のこの父のありさまを見るだけで納得できようぞ。わかっておろうな」

これは、お家の一大事、当家の大事な跡継ぎを行かせてはなるまいと必死に命がけで押し留めた。彼は、さらに念には念を入れて、金吾を順徳院一行の御見送りにすら行かせなかった。

後世の歴史は、この定家親子の不忠義を打算的・利己的と断罪する。その非難が当時の彼に聞こえたとしても、彼はそれを甘んじて受け入れたであろう。おそらく、そう言われることは当人も百も承知で、覚悟の上でのことだったに違いない。

戦後、幕府方は朝廷から奪った所領の処理に忙しかった。定家は、相も変わらず、古典の書写を続けていた。この頃は古今和歌集・後撰和歌集など歌集を主に手がけて熱中した。

だが、夜に入り作業の手が止まると、心をよぎるのは、後鳥羽院の己になされたことであった。己に下された勅勘……。

そして、こたびの挙兵……。ようわからぬ。その理由を今すぐにでもお尋ね申し上げたいが、院は、あまりにも遠い地の人になられていた。

源氏の嫡流が滅んだ後、東国を支配したのは、頼朝の姻戚の北条氏であった。挙兵は、頼朝の家来ごときに天下を牛耳られるなどあり得ぬこと、北条氏を滅亡させ、国の全権を取り戻したいということだったのだろうか。

後の歴史では、この承久の乱（天皇の起こしたものだから「乱」ではなく「変」という説もある）は、短絡的・無謀などと非難されている。あえて起こさなくても良かったものだとも言われている。それまでの後鳥羽院の御治世は、大きな戦もなく、国は平和を保ち繁栄していたのに、そんな国をいきなり、混乱に導き、多くの人の命が奪われ、ついには武者の世（戦乱の世）にしてしまったとされた。

おそばにありながら、挙兵なんて思いもよらなかった。院がそのようなことをお考えなされていたとは。一体、何があったのだろう。己の勅勘の意味もだが、院の真の意図がどこにあったのか。何一つわからず、院のなさりようは、謎に包まれていた。

3　白拍子亀菊

後鳥羽院が隠岐島へ遷幸（せんこう）され、半月ほど経った。定家は、院のお供の中に伊賀局がいたことを知った。「あの白拍子の亀菊に違いない」と、すぐに確信した。以前、摂津の国（現大阪府）の水無瀬殿に随行して宴の折、幾度か見かけたことがあった。

色が抜けるほど白く、鼻筋が通った清げなる顔だちで、まわりの女人達とは趣が異なり、凛とした品があった。直垂（ひたた）れは白色で紅色の袴をはき、立て烏帽子（えぼし）をかぶり太刀を帯びた男装姿で歌いながら舞う。その華奢（きゃしゃ）な体を動かすと、さらさらと衣擦れの音がし、えも言われぬ香があたりに漂った。堅物の定家も、しばし、茫然と、その艶麗（えんれい）さに見とれた。そんな彼を院も笑いながらご覧になられるのであった。

甘やかな香に呑み込まれた時、定家は遠い昔の若き心のときめきを鮮やかに思い出さずにはいられなかった。そのかぐわしい香の主は、ある時は、いたいけなる童のごとくおわした。また、ある時は、天女のごとく、また、ある時は歌についてひたむきに自論を説いてこられた。

父俊成のお供で初めてお目通りを果たした二十歳の定家は、ただただ、部屋に漂う馥郁（ふくいく）たる香に気を奪われるばかりであった。定家は、この時、この世に生を受けてはじめて、女人というものを意識した。そして、このお方は、定家にとって、生涯を通して心底お慕い申しあげる女人となった。が、この思いは、はじめから如何ともしがたいものでもあった。なぜなら、そのお方は内親王であられたからである。内親王様は観世音菩薩様であられた。人間が菩薩様をどんなにお慕い申し上げても、どうしようもなかった。

和歌の師範として俊成が内親王とお会い致す折は、定家も常に同行した。時に俊成の都合が悪い場合は定家一人の時もあった。

間もなく、あの定家が恋をしていると、定家の忍ぶる恋はまわりの気づくところとなり、冷やかしのまなざしが注がれた。

しかし、相手が誰かはまだ定かでなかった。

ある時、定家がひどく思いつめた風に帰ってきて、また外に出ていったことがあった。心配した父母が彼の部屋へ入ると、机の上に懐紙に書かれた歌があった。

玉の緒よ絶えなば絶えねながらへば忍ぶることのよわりもぞする　　式子内親王

〈歌意〉(わたしの)命よ。絶えてしまうなら絶えてしまえ。このまま生きながらえていたなら、(自分の心一つに秘めている)忍ぶ心が弱ってしまう。(人に知られてしまうとたいへんだから。)

これを見た時の父母の驚愕、動揺は如何ばかりであっただろう。なんという恐れ多いことだ。何とかしなければ大変なことになる。そして、最善と思われる解決策が講じられた。父は己の歌の弟子でもあった娘を選び、二十二歳の定家と祝言を早々に挙げさせた。が、その後やはり二人はうまくいかず、離縁することになったが。

再婚したのは、定家三十三歳の頃。若き日の純情は生木を引き裂かれるかのように終わった。かくして、式子内親王は定家の永遠の心の思い人になった。

ある夜、水無瀬殿では前夜に引き続きの宴が催されていた。脂燭があかあかと灯され、いつにもまして、あたりは華やいでいた。

二人の白拍子が両手に扇を持って笛や鼓に合わせて歌を歌いながら、舞っている。

きみがあいせしあやゐがさ
おちにけりおちにけり
かもがはにかはなかに
それをもとむとたづぬとせしほどに
あけにけりあけにけり
さらさらさやけのあきのよは

〈意〉あなたが大切にしていた綾藺笠(あやいがさ)が落ちてしまった。落ちてしまった、賀茂川に川の中に。それを求めよう尋ねようとしているうちに、明けてしまった、明けてしまった、すがすがしい秋の夜は。

あふみのうみにたつなみは
はなはさけどもみもならず
えださささず
や
ひえのおやまのにしうらにこそ
や
みずのみありときけ

〈意〉琵琶湖に立つ波には、花は咲くけれど実もならず、枝も伸びないよ。だけどね、比叡のお山の西裏にはね、水の実ならぬ水飲があると聞いているよ。

高坏(たかつき)に盛られた焼き魚や野菜の煮物や漬物やくだものを肴に、定家は酒をチビチビと静かに飲んでいた。酌などの世話は、愛嬌があり元気の良い遊女らがしてくれる。

宴半ばになって、一人の白拍子が、桜色の細長い布を両手に持って登場した。その布を片手で振り回したり、床を這わせたり、両肩にはおったりして、床を足で激しく踏みつつまわりながら歌う。歌いながら舞う。

亀菊であった。亀菊の登場とともに、その場に居合わせた者は皆、飲み食いすることや酌をすることを忘れて、その姿に惹きつけられた。見慣れない動きを伴っての力強い新しい舞であり、歌だった。

途中から、院も、お笑いになりながら楽しそうに亀菊に合わせてともに舞われた。

かごめ
かごめ
かごのなかのとりは
いついつでやる
よあけのばんにつるとかめがすべった
うしろのしょうめんだあれ
かごめ
かごめ
かごのなかのとりは
いついつでやる
よあけのばんにつるとかめがすべった
うしろのしょうめんだあれ

不思議な歌詞の歌であった。鳥が籠から出ても良いのか。

鳥に「いつお出になるのか」と敬語を使う。

『籠の中の鳥』とは誰かを暗示しているのか。

また、「夜明けの晩」「後ろの正面」と反対の意味のことばを重ねて一つのことばを作っている。

透き通った落ち着いた声が心に沁みわたり、ある時は力強く、ある時はものがなしかった。

二曲舞い終わると、院は亀菊を抱きかかえられるようにして、もとの場所にお戻りになられた。亀菊と隣あってお座りになる。

「しんどいやろ」と横を向かれてねぎらいのおことばをかけられた。

「ほんまになあ。せこい。せこいわ」と答えながら亀菊は、酒を一息に飲むと院の御肩にしなだれかかって、その両足をおみ足にからませた。全くあたりをはばかる風情はない。

袴の裾から白い足がのぞいた。

「なんと大胆な」定家は目をみはった。

亀菊から目を離せないでいると、今度は院の袖の中に文のようなものをさし入れながら、じゃれている。

「ほんに、静御前様に瓜二つ」

小さくつぶやく声が横の方から聞こえてきた。その主をたどると、藤原知康公である。評判の鼓の名人だ。今は出家姿になっている。

知康公は、源頼朝の嫡男である頼家（鎌倉幕府二代将軍）にお仕えしていたが、頼家が北条氏に幽閉されると帰郷して出家した。その昔、都で検非違使（けびいし）を務めていたこともある。その時分、同じく都で検非違使をしていた源義経とも親交があったと聞く。義経が都で知り合った女人が、白拍子であった静御前である。知康公は、義経を通してどこぞで静を見知っていたのだろうか。

亀菊が、静の娘ならば、亀菊の父は義経ということも考えられるのか。院は、そのことを承知なさっているのか。様々な思いが定家の胸の内をよぎった。

　宴たけなわにあって、まわりの面々が酔い痴れながら乱舞している中で、ひとり定家のみが醒めていた。


　水無瀬殿から帰ってきた日の夜、定家は夢を見た。

　甘い香りを放って亀菊が目の前で舞っている。青色と白色の薄絹を重ねた水干姿で肌色が透けていまにも裸形が見えそうである。定家だけを見据えているので、院に何と思われるか気が気ではないが、定家は蛇に見据えられた蛙であった。

　乱れた長い髪の一部が唇の端までかかり、両眼に涙があふれている。楽曲に合わせて両腕を大きく上に挙げて少しずつ下におろし一回りする。歌っているが、なぜか、その声は聞こえない。そのまなざしは、何かを訴えかけているようだった。

4　贈答歌の謎

後鳥羽院が隠岐の島に遷幸されて二年が経過した。定家は前年に引き続き「古今和歌集」や「後撰和歌集」を書写していた。その後、「源氏物語」五十四帖の書写を、召使も含めた一家総出で始め、嘉禄元年（一二二五）二月、ようやく「源氏物語」の書写も済ませた。

古典の書写という大仕事を一応終えると、彼の胸を去来するのは、やはり未だ吾が身は勅勘の身であり、勅勘が解かれていないという現実だった。彼は内裏歌会で不興を買った歌の本になった新古今和歌集中の後鳥羽院と慈円の贈答歌を思い出していた。

十月許に、水無瀬に侍りし比、前大僧正慈円のもとへ、「濡れて時雨の」など申しつかはして、次の年の神無月に、無常の歌あまたよみてつかはし侍りける中に　太上天皇

八〇一　思ひ出づる折り焚く柴の夕煙むせぶもうれし忘れ形見に

御返し　前大僧正慈円

八〇二　思ひ出づる折り焚く柴と聞くからにたぐひ知られぬ夕煙かな

八〇一の御製は後鳥羽院が寵姫尾張の死をたいそうお嘆きになったものと聞く。そう思いこんでいたが、果たしてそうだったのか。尾張ではなく、院にとって余人に知られたくない大事なお方ならば、この御製を材にして歌を詠んだ己は、知らなかったとはいえ、甚だ無礼な振る舞いを致したのではなかったかということに思い至った。

繰り返し詞書を読んでみた。その中に尾張の名は無い。それを推測させることばも何も無い。尾張でなければ、一体誰を偲ばれたのか。御製の前にある新古今和歌集中の歌を見る。詠み手は、前大納言公任、その前は能因法師。その前は、弁に任ぜられたが、十日もたたずに急逝した藤原定通（権中納言藤原保実の息子）の歌で、つまりは、死者の歌である。

藤原定通身まかりて後、月明き夜、人の夢に、殿上になん侍るとて、よみ侍りける歌

七九八　**故郷を別れし秋を数ふれば八年になりぬ有明の月**

定家は、新古今和歌集編纂の折、この歌をはずしたかったが、できなかった。どうやら、院がお入れになったようだった。院の御製のすぐ近くに置かれていて、出来映えはさほどでもない。この歌は、本当に藤原定通の歌だったのか。どうして、この歌をここに置いたのか。

故郷の都を離れて八年になる。有明の月とは、夜明け頃、西の空にまだ残っている月である。それを見るまで、つまり一晩じゅう起きていて、都を偲んでいるという意の歌とも受け取れる。

まあ、死者は、焼かれ、煙となり、天上にいると思われる。この世に執着があり、地上にやって来

た死者が、宮中で天上の有明の月を見てもの思いにふけるだろうか。この歌を詠んだのは、死んだ人でなく、やはり生きている人ではないだろうか。

定家は、千載和歌集を編んだ父俊成が、かつて、「詠み人知らず」の歌を入集した話を思い出していた。寿永二年（一一八三）七月、平家一門が、六歳の安徳天皇を擁して、都落ちする数か月前、平忠度（ただのり）（平清盛の末弟）は、歌の師であった俊成に己の歌を勅撰和歌集に入れてほしいとわざわざやって来て頼んだ。俊成はその頼みを受け入れ、忠度が勅勘の人となったので「詠み人知らず」として千載和歌集に載せた。その御加護か、既に七十歳近かった俊成は、その後二十年余りも生きたと言われた。

院もまた、新古今和歌集の中に、公には出せない、ある人の歌を秘かに入れた。院が公に出せない、はばかりがあるというなら、それは幕府に対してであったか。

ある人の歌とは誰の歌か。そう、それは、四国に隠れ住んでおられる安徳天皇の御製ではなかったか。この考えに行き着いた時、定家は驚きもしたが、同時に一方では「やはり、そうだったのか」とも思った。

「主上は、平家の武者百名ほど、源氏の武者二十名ほどと阿波国（現徳島県）祖谷（いや）の地に無事にあらしゃいます。讃岐国（現香川県）屋島の戦場から案内させ申しあげたのは、名将源九郎義経殿なり。このことは、くれぐれも他言はなりませぬぞ」

定家には、後白河法皇の寵臣の妻で、平維盛（これもり）に嫁した女子を産んだ姉がいた。この姉が平家全滅・安徳天皇入水という噂が国じゅうに流れていた頃、そっと弟に耳打ちしてくれていた。

安徳天皇は、父を後白河法皇の皇太子であった高倉天皇、母を平清盛の娘であった徳子として誕生し、御年三歳で第八十一代天皇に即位された。その後、寿永四（元暦二）年（一一八五）わずか八歳の時、壇ノ浦（現山口県）で源氏に敗れた平家と三種の神器もろとも西海に入水なされたという。

主上今年は八歳にぞならせましましける。御年の程より遥かに年預させ給ひて、御姿厳しうあたりもてり耀くばかりなり。御髪黒うゆらゆらとして、御背過ぎさせ給へり。（中略）山鳩色の御衣に、びんづら結はせ給ひて、御涙におぼれ、小さう美しき御手を合はせ、先づ東に向かはせ給ひて、（中略）悲しきかな、無常の春の風忽ちに花の御姿を散らし、情無きかな、分断の荒き浪、玉躰を沈め奉る。（「平家物語」）

〈訳〉安徳天皇は今年八歳にまします。御歳のほどよりは、はるかに大人び給うて、端麗なそのお姿は、あたりも照り輝くばかりである。御髪も黒く、ゆらゆらとしてお背中の下まで垂れておられた。（中略）山鳩色の御衣を召し、びんずらをお結いになり、お顔じゅう、涙でいっぱいの天皇は、小さい美しい御手を合わせ、まず東にお向かいになって、（中略）悲しいかな、無常の春の風は、たちまちに花のようなお姿を散らし、痛ましいかな、宿業の荒き浪は天皇の御からだを沈め奉ったのである。

が、この話には裏があり、実は身代わりを使ったのであり、天皇は壇ノ浦の手前の屋島から、ひそかに祖谷へ遷幸された。御年六歳で平家に擁護され、都を離れられてから八年の歳月が流れた頃に、あの歌は、詠まれたのではないか。安徳天皇は十四歳くらいにおなりになり、元服を終えられた年頃でなかったか。

源義経とは、頼朝の母違いの弟であるが、北条氏や東国武者達が冷たく目を光らせている中にあって、源氏の身内でありながら、鎌倉の兄のもとでは、それほど優遇されなかったらしい。

義経は、源平合戦の際は、もう一人の母違いの兄範頼とともに頼朝の代理として戦に臨んだ。が、敵である平家を全滅する気も無かったし、考え方も朝廷寄りであり、そういう意味では後白河法皇のお気に入りだった。後白河法皇は、安徳天皇と神器を鎌倉に渡さぬよう義経に内々に託されていたのだろう。

寿永二年（一一八三）、後鳥羽天皇は、神器をお持ちにならず、四歳で即位された。後に、祖父の後白河法皇から、くれぐれも四国におわする安徳帝を救済し、神器の一つ草薙（くさなぎ）の剣が宮中へ戻る手配をするよう、繰り返し頼まれていたのではないか。

草薙の剣は、西海に沈んだとされているが、安徳天皇がおわすなら状況は変わるだろう。

> 吾が朝には神代よりつたはれる霊剣三つあり。（中略）草なぎの剣は内裏（だいり）にあり。今の宝剣是なり。（中略）「たとひ二位殿、腰にさして海に沈み給ふとも、たやすう失（う）すべからず」とて、すぐれたる海人（あまうど）共を召してかづきもとめられけるうへ、霊仏霊社にたつとき僧をこめ、種種の神宝をささげて、祈り申されけれども、つひにうせにけり。（「平家物語」）
>
> 〈訳〉わが朝には神代から伝わって来た霊剣が三つある。（中略）草薙の剣は内裏にある。今の宝

剣がそれである。（中略）「たとい、二位殿が腰にさして海に沈まれたとしても、そうやすやすなくなるはずはない」と言って、すぐれた海女を呼んで、潜水をさせて行方をおさがさせになり、一方では、霊仏霊社に貴い僧を籠らせ、いろいろの神宝を捧げて祈られたけれども、ついに行方はわからず、なくなってしまったのであった。

安徳帝崩御で後鳥羽院は兄君の救済を永遠にお果たしできなくなった。「新古今」八〇一・八〇二の歌は元久元年（一二〇四）十月頃（尾張と同じ時期）に安徳天皇が崩御され、その一年後に詠まれた院と慈円の贈答歌ではなかったか。

贈答歌といえば、新古今和歌集中のもう一組の贈答歌が思い出される。

長月の有明のころ、山里から式子内親王に送った歌　　惟明親王

思ひやれ何をしのぶとなけれども都おぼゆる有明の月

返し　　式子内親王

有明の同じながめは君もとへ都の外も秋の山里

これらの歌は、次のように解釈されていた。つまり、山里に住む自らの身の上を思いやってほしい

と相手に互いに訴え合っているとしていた。が、なにか、しっくりこないものを定家は感じていた。内親王様がこのような歌をお詠みになられるか。それが、ようやくその謎が解けたのであった。

こういう意味ではなかつたか。

惟明親王↓思いやってください。これと言ってなつかしむことは具体的には無いけれど、都が思われ有明の月を見て物思いにふける（安徳天皇の）心を。

式子内親王↓有明の月を見て物思いにふける気持ちは、親王様とても同じでしょう。（今、親王様の住んでらっしゃる）都の外も、秋の山里でありますから。（われはそこに住んでらっしゃる親王様のことも思いやっていますよ。）

つまり、二者の間にもう一人、奥深い山里に隠れ住まわれている安徳天皇がいらっしゃって、安徳天皇を思われて、両者の歌は詠まれていたのではないか。そう考えると、歌の流れはよくなるし、歌の内容も深まる。

ご両人とも安徳天皇の御無事を知らされていて、気にかけておられたのであろう。

母親違いの御兄弟になられる安徳天皇と惟明親王は、内親王にとっては、どちらも甥になられる。

内親王は正治三年（一二〇一）五十三歳で薨去（こうきょ）した。

内親王は、十一歳の頃から賀茂斎院を十年間務められた。その後は、高倉三条第・法住寺殿（萱御所）・八条院・白河押小路殿・大炊御門殿などに居住された。事件に巻き込まれて洛外追放の処分を検討されたこともあったが、実際の処分は行われなかったと聞く。

つまり、内親王が斎院を辞して以降、洛外の山里に住んだ事実はどこにもない。

安徳天皇が詠まれたと思われる歌。


ふるさとを別れし秋を数ふれば八年になりぬ有明の月

この歌を踏まえての二人の贈答歌でなかったか。

院は、「新古今和歌集」の編纂を撰者任せにされず、御自らも加わった。兄君の安徳天皇の御製を入集なさりたかったのだろう。歌集にたいする並々ならぬ思いの深さも、そう考えると、全て合点がいくことばかりであった。

元久二年（一二〇五）三月二十六日、仮名序（仮名書きの序文）がまだ書き上げられてない段階で新古今和歌集の完成を祝う宴が催された。定家は大いに不満でこの宴を欠席した。


「抑（そもそも）此の事何故（なにゆゑ）に行はるる事か。先例に非ず。卒爾（そつじ）の間事毎（ことごと）に調はず。歌人又歌人に非ず。其の撰不審」（「明月記」三月二十七日）

院がこのように急がれたのは、何故か。兄安徳帝への追善供養のためもあったのではなかったか。

己に下された勅勘も、承久の挙兵も、全てが根元でつながっていたのだ。

いつも快活に振る舞い、自由闊達であられた院が、余人に明かされぬ深い闇を胸のうちに抱かれていたなんて微塵も気づかなかった。帝王の名を欲しいままに、連日遊興に耽けっておられるかに見えたが、それは仮のお姿であり、実は東国をにらみ、奥山の兄君のことをお心にかけられていた。この国の為、天皇親政の為、朝廷の為、東国の無礼者打倒の為の御支度に余念がなかったに違いない。さぞかし、御苦労もお悩みもあられたであろう。熊野参詣が多かったのも下賤な者達との交流遊興も、事を秘密裡に進めるための手段であったのか。

己は、院の表面のお姿にのみ捉われて、この国の天子ともあろうお方がこのようなあるまじきお振舞でと心の内に反発していた。その御心うちに気づきもしなかった。家臣として何という体(てい)たらくであったか。なんと己は大うつけ者か。少し歌を知っているというだけで、大きな顔をして歌ばかりでここまで生きてきたが、なんということはない。おそば近くお仕えしていた大切なお方の御心のうちに気づけなかった。誰よりも人のこころを解さなければならぬ歌詠みとしても恥ずかしいかぎりだ。

しかし、いくら悔いても己を責めても恥じても時既に遅しであった。

今や、院は隠岐の島におわす。

5　定家の文

承久の乱から早いもので五年を経た。嘉禄二年（一二二六）春、また新しい年がめぐってきた。定家は己の勅勘の理由もわかり、誤解も解けて去年とは異なる新しい気持ちでこの年を迎えることができた。例年のごとく、いまだ冷気の残る庭の二分咲きの白八重桜の木を眺めると、遠島におわする後鳥羽院のことがしきりに思われるのであった。

「島は温暖で過ごしやすく、春には桜も咲き誇るということであるが、行在所（あんざいしょ）の庭にも桜の木はあって、ご覧になられているだろうか」

一時期の恨み・怒り・不平不満等は雲散霧消して、今では、かつての親しみ・慕わしさが以前にも増して湧いてきて懐かしく恋しかった。

今となっては、都から遠く海を隔てた島でお暮らしの院の御為に己にできることは何か考えることしかなかった。己には権力も富も武力も無かった。一介のしがない中流貴族である。しかも、老いさらばえて体力も気力も無かった。とりえは多少歌が詠めることとくらいだ。さよう。己にできることは文を奉ることぐらい。しかし、その文に己が今の心境をつづるには、はばかられることばかり。院に送る文の内容は東国の役人が検閲するに違いなかった。それにもまして、一体全体、勅勘の身の上の己が、文を差し上げられるのか。

さて、さて、どうする。定家は逡巡した。が、そのうち思いついた。

そうや。歌や。歌集や。

歌は、一つ一つのことばのつながりから成り立っている。この歌の中のことばを使って文を作ろう。ある歌と別の歌の中にある同じことば同士をつなぎあわせると、どうにかならないだろうか。なるかもしれない。表面的には歌の羅列にしか見えないが、その中に己の思いをこめることができよう。そうや。そうや。彼の両眼は輝き、力がこもった。

北西の方角に体を向け、その方角の向こうにおわする院に向かって申し上げる。

「どうどす。あんじょう行くと存じます。名案でっしゃろ」

彼は胸を張ってニタリとした。この思いつきは、長い間へたっていた彼の心を少しだけ勇気づけた。


早速、文のもととなる歌を集めることにした。

「古今東西の歌を片端より、できるかぎり仰山集めよ。なるべく早うにな」

歌集めは、家司らに命じた。彼等には伏せているが、同じようなことばの入っている歌が狙い目であった。このつながることばが重要で、秀逸な歌かどうかは二の次、三の次、いや、極端に言えば、そんなことはどうでも良かった。誰の歌かも、勿論、どうでも良かった。

歌をつなぐとは、例えば、次のような次第である。

わすれしのゆくすゑまではかたけれはけふをかきりのいのちともかな　儀同三司母

いのち・たまのを→同じ意味のことば

たまのをよたえねばたえねながらへはしのふることのよわりもそする　式子内親王

たまのを・いのち　なか（長）→同じ意味のことば・同じ音のことば

きみかためをしからさりしいのちさへなかくもかなとおもひけるかな　藤原義孝

きみかため→同じことば

きみかためはるののにいててわかなつむわかころもてにゆきはふりつつ　光孝天皇

いてて　ゆきはふりつつ→同じことば

たこのうらにうちいててみれはしろたへのふしのたかねにゆきはふりつつ　山部赤人

ここで難しいのは、ただ歌が繋がればいいと言うことだけでは勿論ないことだ。最終的に「ふみ」にならなければならず、伝えたい内容が表されなければ意味がなかった。

そういうわけで、作業は思ったより大変であった。困難を極めたと言って良い。それでも、己一人であたった。しかも、誰にも何をしているのか気づかれぬようにしなければならぬ。作業は秘密裡にやらなければならなかった。定家は、小倉山の山荘にこもることが多くなった。必然、連日連夜、深更になるまで取り組むこともしばしばであった。

様々な思いが交錯する中での作業だった。時には涙を流しながら、歯をくいしばって取り組んだ。冷え込む夕べは、白い息をはきながら、暑い時期は流れ出る汗をぬぐいぬぐい、それでもたった一人、己が命をかける覚悟で臨んだ。山荘内は、己一人の戦場であった。

　そして、二年余りが過ぎた。遂に、この秘密の歌集は出来上がった。後世で言うところの「小倉百人一首」である。彼は、金吾だけに、これを見せて、子細をよくよく説明して聞かせた。そして、時が来るまで、今しばらくの口外を禁じたのだった。

　さらに、彼は、念には念を入れ、万一の為（鎌倉に知られた時の為）に、これによく似せた歌集も作っておいた。後世で言うところの「百人秀歌」である。この歌集は言うなれば、「小倉百人一首」のダミー版であった。異なる点は、後鳥羽院、順徳院の御製二首の代わりに、一条院皇后宮と権中納言国信と権中納言長方の三首が入り、源俊頼の歌が彼の別の歌となっていた点である。つまり、「百人秀歌」は百一首から成り立っていた。

　金吾以外の家中の者は、勿論、そんな秘密の歌集作成を想像だにしない。ただ京極殿が、古今東西の膨大な数の歌の中から優れた歌を撰ぶ作業に昼となく夜となく没頭しているという風に受け取っていた。

　京極邸の庭に立つ白八重桜の木も、主人の事情を察しているかのようにじっと黙したまま、そんな彼を今日も終日みまもっている。

6　隠岐の院

われこそは新島守よ隠岐の海のあらき浪風心して吹け

出家のお姿となられた後鳥羽院は、光を集め燦然と輝く真昼の海を、ただただ、ご覧になられていた。海は広大で果てしなく続き、その果てしない向こうに都もある。海には何の落ち度もないはずだったが、なつかしい都を隔てている存在として院には、うらめしくも感じられる。幕府の役人が促さなければ、院はいつまでも隠岐の海と対峙なされていただろう。

舟をつけた浜辺から少し歩くと、藁葺き小屋がそこここに見えてきた。島民は、半農半漁の暮らしをしているのか、軒下や低木には網や魚が干され、出入口らしき板戸の前には、土がついたままの緑の根菜が露を帯びて無造作に並び置かれている。足元の地を這うように咲いている赤や黄のちいさな花は、都では見なれない草花であった。それらに御目を奪われながら、さらにお進みになられた。すると、高い石垣に囲まれた屋敷の前に出た。四足門で切妻造りの屋根をその上に乗せている。門番が左右に二人しゃがみ込んで挨拶をし、門が開かれる。その中には、屈強な武者衆が両脇に立ち並んでいて一行を出迎えた。

正面奥にいたのが、この屋敷の当主である村上義綱である。自信に満ちた、精悍な顔立ちをしている。村上家は隠岐の豪族であり、周辺の海も統治しているという。

「御意を得ます。それがしは、このあたり一帯の公文（くもん）を致しておりまする村上源氏流村上義綱と申す者でござりまする。恐れ多くも、本日只今より、それがしとわが一族郎党が御奉公をつかまつりまする。何分、田舎者でござるゆえ、行き届かぬ所もござろうが、ご無礼の段、何とぞお許しくださりませ」

院の目には、義綱は今後を頼むべき武者に映った。少し淋しげなる影は、先年、奥方に先立たれた故か。しかし、義綱は、海の覇者らしく豪胆に終始振舞って見せていた。

院にとっては、生まれて初めての大挫折、大試練に直面していた。が、その隠岐のお暮らしを支えたのが、この村上氏であったことは、院にとって不幸中のなんという幸いであったか。そう言っても過言ではないだろう。義綱の後鳥羽院に対する、この後の献身ぶりは特筆すべきものがある。義綱の死後、彼の遺言を守った歴代の村上氏もしかりであったことも付け加えておきたい。

しばらく、院は村上邸で道中のお疲れをお取りになられた。その後、近くの勝田山にある源福寺を行宮（あんぐう）となされた。隠岐でのお暮らしぶりは、時がとまったかのようで、都と違い、時が非常にゆったりと流れていき、毎日が、静かそのもので、さびしかった。ただ、昼となく夜となく、間近で波音だけは単調に繰り返しひびいてくる。それは、都では聞きなれない音であった。ある時は、地の底から響いてくるように低く、ある時は天から響いてくるように高らかで、そのどちらも挑戦的に聞こえた。

隠岐の行宮は、山の中腹にあった。昼間は、山の上の方へお登りなさったり、山を下りて浜辺づたいにお歩きになったり海をご覧になったり里のほうへ出かけたりなされた。

義綱は、院のお暮らしに遺漏のなきように万事取り計らい、心を砕いた。まず行宮の普請をした。

幕府方には監視役と称してお世話役として村上家の家臣、召使い各数名をおそばに置いた。こうした義綱の心のこもった接遇に院の心も少しずつほぐされていった。

お供として島に来た寵姫亀菊と寵臣藤原能茂（出家して西蓮）は、都を出てから固い無表情の顔つきになっていたが、明るさを取戻し声を出してよく笑うようになっていた。

村上邸へ臨幸なされたある日、院は、義綱に村上家の家系をお尋ねになられた。義綱は別室より当家の系図を持参して、それをご覧に入れながら説明申し上げた。

すると、院は改めて親しげに義綱をご覧になられて仰せられた。

「朕の母の里も村上源氏の流れを汲むと昔聞いた覚えがあるぞ。何かの縁だな」

「は、はぁー。恐れ入り奉ります」

それから後、院は、ことあるごとに村上邸へ臨幸なされた。義綱もそれをこの上もない名誉として喜んだ。昼間は、香りの良いお茶と諸国の名産物をお召し上がりいただくことが多かった。夜は酒宴となった。それは、二日三日にまたがる盛大なものであった。つまり、夜を徹して催され、眠くなったら、そのあたりに横になるという具合である。勿論、院とおつきの者達へは特別にこしらえた間が邸内にひそかに用意されていて、そこでお休みいただくのである。時には、なんと、三月ばかり、ご滞在なさることもあった。

亀菊が舞い、義綱が笛を吹く。院も亀菊に合わせて舞われ、能茂が鼓を打った。屋敷のまわりに住む家臣達だけでなく、島の民も数多集まってきたし、都からわざわざ呼び寄せた遊女らもいた。義綱は、幕府の監視人らには、これらのことをお目こぼしするよう、きっちり裏で渡りもつけていた。隠岐の地は四方、海に隔てられた島なので、幕府や都の関係者は、これらの次第について知る由もない。

隠岐に行宮を構えて数年が経過したが、まだ都からは何も言ってこなかった。ひと頃のようには、文や客人も島へ来なくなっていた。行宮のある山を下ると、すぐそこまで海は迫っていた。浜辺には大きな松の木が何本も植わっていた。松の木の太い幹には何艘もの大きな舟が、そこかしこにつながれている。風がある日は松風の音が騒々しかった。院は昼間、そこへよくお出かけになられた。そして、沖をご覧になっては、物思いに耽られている風であられた。

また、ある時は、島人が田や畑で働いたり、童べが野を走り回って遊んだりする様子を、そっと物陰からご覧になられた。そのお姿を見て、おつきの者達は「なんと、おいたわしや」とひそかに涙するのが常だった。

朝に夕に浜に出て沖の方をご覧になる院のお姿に誰しもがその先にある都をなつかしんでおられるのだろうと思うのだった。無論、故郷の都や残してきた人達を偲ばない訳でもなかった。が、院は、もう一人のわれが、海の向こうから浜辺に立つわれを眺めているのを、いつの頃からであろうかお気づきになられていた。そのもう一人のわれと実は対話されていたのである。

もう一人のわれが話しかけてくる。

「われこそは、この国の天子なり」

憮然として答える。

「われこそが、この国の天子なり」

いぶかしんだ表情で、ニタリとしながら、

「はて、さて、もう、今や、海に囲まれた島の中に閉じ込められて、一歩も動けないのか。なんとまあ、この国の天子たる身が、これは一体どうしたことなんだ」

下を見ながら、次第に顔を上げて、しきりと威厳を保とうとする。

「このような身になりさがったのも、ただただ天命なり。ただただ天罰を受けたが故。今のわが姿は、他でもない。奥山の中にひっそりとお暮らしになられてわれの迎えを待つ兄君そのものである」

半身を前のめりにして顔を上げ、探るようなまなざしを投げかけつつ口を開く。

「この国の天子であったはずなのに、昨日の慎んだ令色を取り換えて、今日は、そしらぬ顔でうそぶく連中を恨みながらも、それでも、一縷の望みを託し、迎えを待っている」声が荒んでくる。

すなおにうなずく。

「そう、われの迎えを二十年もの長きにわたって待っておられた兄君そのもの」

体勢をたてなおして、冷静に且つ明確に語る。

「望みが失望となり、いや、それでもなお、望みをつなぎ、その繰り返しの日々が続く」

唇をかみしめた後、

「まさに。今のわが身の上と同じ境遇であらしゃった。同じ身の上になって始めて、その時の兄君のお気持ちが手にとるようにようわかる」

両眼を見開き、

「人の痛みはまっこと、同じ身にならなければ、わからぬものぞよ。今ようやく、わかったとみえるな」

早口でまくしたてる。

「兄君が失意の涙にくれて過ごされていた日々、われはその時、何をしていたのだろう。今となっては言い訳がましいが、一日も早く兄君をお救いしようとは思ってはいたのだ。そう思ってはいたが、一日のばしの日々を送りつつ、気になりながら、それを忘れる為でもあったか、あれやこれやと遊興に耽けって天に向かってまわりに向かって白い歯をむき出してわれはカラカラと笑っていたのじゃ。よしや、兄君をお助けすると……。草薙の剣をお持ちの兄君のほうが、われにとって替わるやもしれぬというさもしい疑いさえ実は秘かに抱いていたことも、今となっては白状する。それをわれに進言する者さえいた」

顔を斜め向こうに背けながら言い放つ。

「人のせいにはするな」

腕組みをして、観念したように、

「まっこと、人はわが身が一等大切で、わが身以外の者に対してかける情けは、二の次になってしまう」

我が意を得たりという風に瞳を輝かせて言う。

「あれこれ表面では取り繕うが」

両掌で頭をかかえて、

「たとえ、わが身を犠牲にして何かをなしたとしても、それもわが身のためにそうしたいのであって、犠牲などではなく、わが身が一等大切なことに変わりはない」

一歩前に出る。

「なんと、人というものの業の深いことか」

吐き捨てるように、

「われは、なかなか決心がつかず、万全の備えをして臨むと自他をごまかしていた」

ゆっくりと語る。口をとがらせて。

「事実は、ただただ優柔で臆病であっただけである」

ほぞをかむような表情をする。

「挙兵の好機が何回かありながら、それらをみすみす失った」

捨て鉢になって。

「万全の備えなぞ、いつまでたってもできるはずはないのに」

か細い声で続ける。

「現に、あの時、義時打倒とようやく宣旨を出した折も兵は集まらなかった」

大仰な身振りをしながら語る。

「なに故、先頭に立ち、武者どもを率いることをしなかったかも今となっては悔やまれる。天子が御自ら先頭に立てば、山からも海からも武者どもが集まり、天地にあふれるほどになっただろうに」

静かに語り出す。

「われが義時を討てと宣旨をやっと出せたのは、実朝が亡くなってからであった。遅ればせながら、われは、やっとのことで挙兵したのだ。それまで幾度も思い思いしたが、決行できなかった。それゆえ、兄君をお救い申し上げることも叶わなんだ……。

幕府の三代将軍に実朝がなってからは、運命が好転したと嬉しかった。鎌倉を討つことは、われの頭から消えた。幕府とは、うまくやっていけるような気がしてきたのじゃ。実朝は、武者でありながら歌を詠むことを好み、都のやり方を好んで取り入れてくれた。歌の師匠は、あの定家じゃ。ハハハ……。阿奴のことだから、あれこれ、うるさかっただろうが、堅物でもあるから、それは懇切丁寧に世話を焼いているようじゃった。実朝の嫁は都の坊門家からじゃ。坊門家は、わが母の里なり。二人に跡継ぎがなかったのでわが皇子をと内々に請われてもいた。そうこうしている矢先に、突然、鶴岡八幡宮で実朝があやめられたのじゃった。それもよ。身内にかかってじゃ」

体を震わせながら声を絞り出す。

「なんと、おぞましや」

無視したように話を続ける。

「鶴岡八幡宮に出かけようとした際、不穏な空気を察知した側近が泣いて止めたと聞いた。実朝は、身内が己を亡き者にしようとしていることも、その首謀者も全て承知の上で出かけたのじゃ。いつも出かける折にしているように、束帯の下に腹巻をつけることを勧められても、その時は、それもせずに……。出かける前に詠んだ歌が全てを物語っておる。『出ていなば主なき宿となりぬとも軒端の梅よ春を忘るな』となし

大きな声で口を大きく開けて、

「なんと、あわれで、いたわしいかぎり。なれど、なれど、なんと、ゆゆしげなる実朝らしい死に方ぞ。武者らしい覚悟を持った」

目線を一点に絞って、

「朝廷に忠誠を誓い、朝廷と結びつこうとしていた実朝を毛嫌いし、排除しようとした北条らの企みであった」

両手で口のまわりをまあるく覆って尋ねる。

「どうして、もっと早うに北条を討たなかったか」

眉間に皺を寄せて、

「こまい器の宰相とは、われのことなり。われが多くの者達を苦しめ、あやめてしまった」

歯噛みして、

「から元気のみ出して虚勢を張り、鷹揚に外向けには振舞ってはいたが」

弱々しい声で、

「まことは、猜疑心の強い小心者、臆病者が本来のわが姿なり」

頭を振りながら、

「まことに情けない限り。まことに面目ない限り。己の敵は己とは、よくいったものだ」

虚空を睨み、

「王朝一の天子にならんとし、その結果、この国を傾け、朝廷の威信を汚した咎人として、われは後の世に語り伝えられるのか……」

少し、うすら笑いをうかべながら、しかし、涙が頬を伝っている。

「このような身の上に陥ったのもさもあるべし」

あきらめた風に、

「このような身になり果てたのは、ひとえに己に下った天罰なり」

悲しげに眼を落す。

「なんと、人というものの業の深いことか」

胸をはり、威厳に満ちた顔つきで言う。

「われこそが天子なり」

いたずらっぽく叫ぶ。

「われも天子なり」

海にお向かいになり、院はもう一人のわれの視線をお感じになり、声をお聞きになられた。もう一人のわれは、もしや兄君ではなかろうかと、このところ院はお疑い始めている。

兄君の遺勅は、草薙の剣を弟の後鳥羽に渡すように。返すのが遅くなり、すまなかったと伝えるように。ということであった。そこには一言の恨み言もなく。兄君は、最期までご立派であらしゃった。われこそ兄君に天子の座をお返し申すべき立場にあった。院は己とよく似た切れ長の眼を細めてほほえむ安徳帝の在りし日のお姿を恋しく思われるのだった。

7　亀菊と「いろは歌」

ある夜の村上邸での宴の折、亀菊は「いろは歌」を披露した。

いろはにほへと　ちりぬるを
わかよたれそ　つねならむ
うゐのおくやま　けふこえて
あさきゆめみし　ゑひもせす

〈歌意〉花は美しく咲き匂うが、やがて散ってしまう
人とても同じ、誰が永遠の命を得られよう
いま、悟りの山坂に分け入ろう
浅はかな現世の夢に酔うこともなく

三度、繰り返し歌いながら舞った。

亀菊の両眼からは透明の涙がいく筋も流れていた。ほほえみながら泣いていた。院も義綱も、そんな亀菊をじっとながめるのだった。

あくる日の朝、院が亀菊に夕べの涙の理由をお尋ねになられた。

「夕べ、わらわが歌うたんは、わが母がよく歌ってはったものと聞き及びます。言うなれば母の形見の歌どす。この歌の意味、おわかりどすか」

「つまり、この世は無常だということか……」

「それは歌の表の意味。この歌には秘密が。別の裏の意味が隠れているんどす。この歌をある一定の数で切っていくと出てきます」

「え、同じ数にして並べ替えるとな。どのようにすれば良いのかな」

「歌は崩さんと、かな文字を同じ数に切って並べて、そのあと、横に読むと出てきます」

院と能茂は一枚一枚の紙に一文字一文字のかなを書きつけたものを何度も並べ替えている。まずは二枚ずつ。三枚ずつ。四枚ずつ……。

その度に横方向にお読みになられた。

亀菊が「あっ」とちいさな声を上げた。

「それやそれ」

それは、七枚ずつに切って並べたものだった。

亀菊は無言で静かにうなずいた。

院は一段目をお声を出して横にお読みになる。

一段目「いちよらやあゑ」
二段目「ろりたむまさひ」
三段目「はぬれうけきも」
四段目「にるそゐふゆせ」
五段目「ほをつのこめす」
六段目「へわねおえみ」「へわねおえみす」
七段目「とかなくてし」「とかなくてしす」

いろはにほへと
ちりぬるをわか
よたれそつねな
らむうゐのおく
やまけふこえて
あさきゆめみし
ゑひもせす

最後に遂に出てきた。一つづきのことばは「とかなくてしす」「咎なくて死す」であった。

「菊、わかったぞ」

亀菊は少し声を荒立てて申し上げる。

「とがもないのに死んだ。とがもないのに殺された。何の罪もなかったのに。生まれたばかりのややは、義経の男子というだけで、鬼のような頼朝や政子、北条の輩（やから）によって、由比ヶ浜の海に投げ込まれて殺された。うちのややこは殺されるために生まれてきたようなものだった。一生、お恨みもうします。という思いを歌うたんです」

「生まれたばかりのややこをな、なんといたわしや、ほんにかなしいことぞ」

「ややこは、亀菊の兄でござりました」

亀菊は、泣きながら後を継ぐ。

「母は、昔、父を鎌倉の追っ手から逃がす為、雪深い吉野でわざと捕まったそうです。ほんで、東国に連れていかれ、鶴岡八幡宮で数多の武者衆の前で無理矢理、舞曲を演じさせられるという辱めを受けた時も、ひるまず、敵の面前で父を恋い慕う歌を大胆不敵に披露したのどす。その後、生まれたばかりのややを取り上げられ殺されるという生き地獄を味わわされたそうどす」

泣き声はやみ、声に力がこもって太くなった。

「母の歌う、いろは歌の呪いは、てきめんでした。頼朝は奇襲された時受けた傷がもとで痛みにのた打ち回りながら死んだそうどす。その後、政子は、嫡男頼家を残虐に殺す側にまわり、二男実朝も鶴岡八幡宮でわが孫に殺されました。その孫もまた北条や三浦の家臣に殺され、その六年後に、政子は己が罪に苦しみながら死にました。政子の弟の義時は、その前年、誰ぞに毒を盛られてこの世の者とも思えぬ形相で死んだと聞いております」

「今、そなたは、頼朝は奇襲された傷がもとで死んだと申したが、そのあたりのことを如何に聞き及んでいる。詳しく申してみるがよい」

「はい。聞かされた話を申しあげまする。頼朝が奇襲され死んだ詳細を鎌倉方は公にせず伏せております。安徳様や国盛様や父義経らがまだ存命と知ると国中に逃げ隠れている平家の残党が、どのように動き出すか、わかりません。鎌倉は、彼等を恐れ、その噂が広まるのを恐れるが故、ひたすら真実を隠したのです。落馬による傷がもとでとだけ言っております。実は、頼朝が相模川の橋供養に招かれる予定のあることを、おちこちに潜んでいた平家衆が知り、祖谷の地にもそれは届いていたのです。そこで、安徳様や国盛様や父は事前に謀議を重ねて、用意周到の上で舟に乗って頼朝を橋の下から襲ったそうです。橋の上で見通しも良く、頼朝一行は油断していたのでございます。まさか橋の下に敵が潜んでいて川面から狙ってくるとは考えも及ばなかったのでございましょう。それがまあ、こちらの狙いだったというわけです。顔を隠していた菅笠をお取りになり、それぞれが名乗りを上げた後、日の本一の弓取りと謳(うた)われた国盛様が、舟べりから矢を構えた。頼朝は、驚きと恐怖とに顔をひきつらせながら『九郎がどうしてここに。日本国の外に落ちたのではなかったのか』と言う。父は『九郎を語った彼の者は、わが家人の武蔵坊弁慶法師でござる。それがしを逃がす為、命がけで海を渡り国の外に去りました。九郎には、そういう家来もいるのです』と答えたそうどす。それからピーッと矢が放たれ、矢を受けた頼朝の愛馬が暴れ走り、頼朝はそれを制御できず、ついにドウと馬からふり落とされたそうどす」

「そうであったか。日の本の国の征夷大将軍ともあろう者が、奇襲に遭って愛馬からふり落とされ、その傷がもとで一命を落とすことにならしゃったか。見苦しや……。すると、なんだな。菊が言いたいのは、歌の中のことばに強い思いをこめると、歌が、ことばが人をつき動かしはじめ、仇に意趣返しできるという訳じゃな」

「そうどす。ことばのおまじない・呪いは強いのどす。剣より強い。人は死ぬと体は消えてしまはりますが、歌は、ことばは、文字は残り、それは人の口から口へ文字から文字へと伝わり、この世から人が絶えない限り、消えることはありません。ことば・文字とは魂。祈り。これらは、剣や弓矢より強いのどす。この世に生きた人達の切なる思いは、肉体や物は滅び去っても、いつまでもいつまでも、この世に生き残っていくのどすえ」

亀菊の頬は紅潮し、宙を見据え大きく開かれた両の眼は、力がこもり血走って、唇は醜く歪み、普段より低音の老婆のしわがれ声になっていた。

院は、亀菊と初めて会った日のことを思い出していた。ある月の美しい夜、白拍子の創始者であり伝道者として有名な磯禅師（いそのぜんじ）が内々にお目通りを申し出ていた。

「恐れ入り奉ります。ここに控えまするは、孫娘の亀菊でございます。父は源九郎義経殿。母は、わが娘の静でございます。幼い頃に母と死に別れ、父親の手一つで、人里離れた山の中の隠れ里で育ちました。その父親も亡くなったのを聞き、この婆が引き取り、婆の知り得る限りの芸事などをしこみました。婆は、若き時分より亡き後白河法皇様にお目をかけられてお世話になりました。今様を歌いながら男装姿で舞うという遊芸を創始し、世に広めることができたのも、法皇様の大恩あってのことでござります。白拍子は、酒席に呼ばれます。どこにでも潜（もぐ）ることができます。法皇様の御為になるなら、この国の為になるなら命も惜しくないと努めてまいりました。一線を退いてからは、後進を育ててまいりました。されど、この婆も流石に歳月にだけは勝てません。ご覧のように年を取りました。いつお迎えが来てもおかしくありません。人伝えに聞くところによると、九郎殿が亡くなる前のおことばに、そうなった時は、帝を頼るが良いと、この婆に伝えるようにとあったとか。なにとぞ、この哀れな、よるべなき娘に、おなさけをおかけやしとくれやす。お役に立つこともござりましょう。婆は、そのようにしこんだつもりです。時の運が別の星で輝いたら、この子も苦労せず、このような身分の者でもありませせなんだ」

皺(しわ)だらけの目のまわりにあふれ出る涙をこれまた、骨に皺だらけの皮の被った手で何度もふいている。そばに控えて困ったように目を伏せている娘は、純朴そうな様子で身を固くしていた。

「ほな、亀菊、ご挨拶をしいや」

婆にせかされ、その顔を挙げた。両の瞳は、山や川の緑色がそのまま映っているかの如く清らかに澄んでいて、その佇まいには、なんとも言えぬ可憐な風情があった。

あの穢(けが)れを知らなかった亀菊の顔つきが、時を経て、かように面変わりするとは。あの時から今日まで、亀菊の過ごした日々が、どのような影響を亀菊の上にもたらしたのか。そこに心休まる日々はあったのか。院は秘かに心を痛めた。

「菊は、ふた親とは、いつ頃、別れたのじゃ」

「母とは、五歳の頃どす。顔も覚えておりませぬ。それから、十二歳の時、父と、父が亡くなるまで、阿波国祖谷の地で暮らしました」

「義経は、どのようなお人でおじゃったかな」

「とても、情のある信心深い人でした。人の心のようわかる、里の衆は仏様のようなお人だと。皆より好かれておりました」

「そうか。そんな感じのお人であらしゃったな」

「父は、どこぞで、御所様とお会いすることがござりましたか」

「昔、一度だけ」

「宮中でござりまするか」

「いや、こっそりと忍びでな」

「そなたも聞いておろうが。わが兄安徳天皇は、西海に沈まず四国の祖谷におわしたゆえ、内々に兄君とお会いした折、義経も兄君のおそばにあったぞ」

亀菊は、うなずいた。

「兄君とは、ともに山の中で落ち合って、煙くすぶる炉を囲み、山女や鮎や干し芋や蒟蒻なぞ竹串に刺したのをあぶり焼きつつ、少し焦げたのが美味であったぞ。地酒を酌み交わし、一晩中、語らい続けた。あっという、つかの間のひとときではあったが、なつかしい思い出として、今も鮮やかに残っている。ほんに、あのひと夜は、楽しかったぞ」

院は懐かしむかのように遠いまなざしをなさった。

亀菊も、そのまなざしの向こうに父の姿を思い浮かべていた。

8　定家よりの文

安貞二年（一二二八）秋、はや陽が西の空に沈みそうである。このところ、昼間は暖かいが、暮れ方になると、ぐっと冷え込んでくるのは都と同じである。

院は、この日、朝からずっと、ある歌集と向き合っていた。先日、都から元和歌所開闔（かいこう）源家長が久々に隠岐に参った折、内々に藤原定家卿よりの帝への奉り物として携えていたものである。

紅色の薄手の和紙に包まれたものをカサカサと開く。白い薄紙に天智天皇から始まって今日まで東西の百人の歌人の歌が一首ずつ、独特の癖のある文字で端然と書かれていた。それを朝から折に触れ、開いてみるが、何か、こう、しっくりこないものがあった。

まず、歌人の選び方が変であった。当然、入るべき歌人が入っていない。一方で、名もなき者の駄作が混ざっていた。また、この歌人なら、他にもっと秀逸（しゅういつ）な歌があったろうにと思えたりもする。

「定家ともあろう者が、これは一体どうしたことであろうか。これは、ほんまに定家本人が撰んだ歌であろうか。阿奴も耄碌（もうろく）したわい」

亀菊にそれをお見せになりながら、院はぼやかれた。

定家の撰んだ百首は次のようなものであった。

1 秋の田のかりほの庵のとまをあらみわが衣手は露にぬれつつ　天智天皇

2 春過ぎて夏来にけらし白妙の衣ほすてふ天の香具山　持統天皇

3 あしびきの山鳥の尾のしだり尾のながながし夜をひとりかも寝む　柿本人麻呂

4 田子の浦にうちいでて見れば白妙の富士の高嶺に雪はふりつつ　山部赤人

5 奥山にもみぢふみわけなく鹿の声聞くときぞ秋はかなしき　猿丸大夫

6 かささぎの渡せる橋におく霜の白きを見れば夜ぞふけにける　中納言家持

7 天の原ふりさけ見れば春日なる三笠の山にいでし月かも　安倍仲麿

8 わが庵は都のたつみしかぞすむ世をうぢ山と人はいふなり　喜撰法師

9 花の色は移りにけりないたづらにわが身世にふるながめせしまに　小野小町

10 これやこの行くも帰るも別れては知るも知らぬもあふ坂の関　蝉丸

11 わたの原八十島かけてこぎいでぬと人には告げよあまのつり舟　参議篁

12 天つ風雲のかよひ路吹きとぢよをとめの姿しばしとどめむ　僧正遍昭

13 つくばねの峰よりおつるみなの川こひぞつもりて淵となりぬる　陽成院

14 みちのくのしのぶもぢずり誰ゆゑに乱れそめにし我ならなくに　河原左大臣

15 君がため春の野にいでて若菜つむわが衣手に雪はふりつつ　光孝天皇

16 立ち別れいなばの山の峰に生ふるまつとし聞かばいま帰り来む　中納言行平

17 ちはやぶる神代もきかず竜田川からくれなゐに水くくるとは　在原業平朝臣

18 すみの江の岸による波よるさへや夢のかよひ路人目よくらむ　藤原敏行朝臣

19 難波潟みじかき蘆のふしのまもあはでこの世をすぐしてよとや　伊勢

20 わびぬれば今はた同じ難波なるみをつくしてもあはむとぞ思ふ　元良親王

21 今来むといひしばかりに長月のありあけの月を待ちいでつるかな　素性法師

22 吹くからに秋の草木のしをるればむべ山風を嵐といふらむ　文屋康秀

23 月見ればちぢに物こそ悲しけれ我が身ひとつの秋にはあらねど　大江千里

24 このたびは幣もとりあへず手向山もみぢの錦神のまにまに　菅家

25 名にしおはば逢坂山のさねかづら人に知られでくるよしもがな　三条右大臣

26 小倉山峰のもみぢば心あらばいまひとたびのみゆき待たなむ　貞信公

27 みかの原わきて流るるいづみ川いつみきとてか恋しかるらむ　中納言兼輔

28 山里は冬ぞさびしさまさりける人目も草もかれぬと思へば　源宗于朝臣

29 心あてに折らばや折らむ初霜のおきまどはせる白菊の花　凡河内躬恒

30 ありあけのつれなく見えし別れより暁ばかり憂きものはなし　壬生忠岑

31 朝ぼらけありあけの月と見るまでに吉野の里にふれる白雪　坂上是則

32 山川に風のかけたるしがらみは流れもあへぬもみぢなりけり　春道列樹

33 ひさかたの光のどけき春の日にしづ心なく花の散るらむ　紀友則

34 誰をかもしる人にせむ高砂の松も昔の友ならなくに　藤原興風

35 人はいさ心もしらずふるさとは花ぞ昔の香ににほひける　紀貫之

36 夏の夜はまだ宵ながらあけぬるを雲のいづこに月やどるらむ　清原深養父

37 白露に風のふきしく秋の野はつらぬきとめぬ玉ぞ散りける　文屋朝康

38 忘らるる身をば思はずちかひてし人の命の惜しくもあるかな　右近

39 浅茅生の小野の篠原しのぶれどあまりてなどか人の恋しき　参議等

40 しのぶれど色にいでにけりわが恋は物や思ふと人のとふまで　平兼盛

41 恋すてふわが名はまだき立ちにけり人知れずこそ思ひそめしか　壬生忠見

42 ちぎりきなかたみに袖をしぼりつつ末の松山波こさじとは　清原元輔

43 あひみてののちの心にくらぶれば昔は物を思はざりけり　権中納言敦忠

44 あふことのたえてしなくはなかなかに人をも身をも恨みざらまし　中納言朝忠

45 あはれともいふべき人は思ほえで身のいたづらになりぬべきかな　謙徳公

46 由良のとを渡る舟人かぢを絶えゆくへも知らぬ恋の道かな　曾禰好忠

47 八重むぐら茂れる宿のさびしきに人こそ見えね秋は来にけり　恵慶法師

48 風をいたみ岩うつ波のおのれのみくだけて物を思ふころかな　源重之

49 みかきもり衛士のたく火の夜は燃え昼は消えつつ物をこそ思へ　大中臣能宣朝臣

50 君がため惜しからざりし命さへ長くもがなと思ひけるかな　藤原義孝

51 かくとだにえやはいぶきのさしも草さしもしらじなもゆる思ひを　藤原実方朝臣

52 あけぬれば暮るるものとはしりながらなほ恨めしき朝ぼらけかな　藤原道信朝臣

53 嘆きつつひとり寝る夜のあくるまはいかに久しきものとかはしる　右大将道綱母

54 忘れじのゆくすゑまではかたければ今日をかぎりの命ともがな　儀同三司母

55 滝の音はたえて久しくなりぬれど名こそ流れてなほ聞こえけれ　大納言公任
56 あらざらむこの世のほかの思ひ出に今ひとたびのあふこともがな　和泉式部
57 めぐりあひて見しやそれともわかぬまに雲隠れにし夜半の月かな　紫式部
58 ありま山ゐなの笹原風吹けばいでそよ人を忘れやはする　大弐三位
59 やすらはで寝なましものをさ夜ふけて傾くまでの月を見しかな　赤染衛門
60 大江山いく野の道の遠ければまだふみも見ず天の橋立　小式部内侍
61 いにしへの奈良の都の八重桜けふ九重ににほひぬるかな　伊勢大輔
62 夜をこめて鳥のそらねははかるともよに逢坂の関はゆるさじ　清少納言
63 いまはただ思ひ絶えなむとばかりを人づてならで言ふよしもがな　左京大夫道雅
64 朝ぼらけ宇治の川霧たえだえにあらはれわたる瀬々の網代木　権中納言定頼
65 うらみわびほさぬ袖だにあるものを恋にくちなむ名こそをしけれ　相模
66 もろともにあはれと思へ山桜花よりほかにしる人もなし　前大僧正行尊
67 春の夜のゆめばかりなる手枕にかひなくたたむ名こそをしけれ　周防内侍
68 心にもあらでうき世にながらへば恋しかるべき夜半の月かな　三条院
69 あらしふくみ室の山のもみぢばは竜田の川の錦なりけり　能因法師
70 さびしさに宿をたちいでてながむればいづこもおなじ秋の夕暮　良暹法師
71 夕されば門田の稲葉おとづれて蘆のまろやに秋風ぞ吹く　大納言経信
72 音にきくたかしの浜のあだ波はかけじや袖のぬれもこそすれ　祐子内親王家紀伊

73 高砂のをのへの桜咲きにけり外山のかすみたたずもあらなむ　前中納言匡房

74 憂かりける人を初瀬の山おろしよはげしかれとは祈らぬものを　源俊頼朝臣

75 ちぎりおきしさせもが露をいのちにてあはれ今年の秋もいぬめり　藤原基俊

76 わたの原こぎいでて見れば久方の雲ゐにまがふ沖つ白波　法性寺入道前関白太政大臣

77 瀬をはやみ岩にせかるる滝川のわれても末にあはむとぞ思ふ　崇徳院

78 淡路島かよふ千鳥のなく声に幾夜ねざめぬ須磨の関守　源兼昌

79 秋風にたなびく雲のたえ間よりもれいづる月のかげのさやけさ　左京大夫顕輔

80 長からむ心もしらず黒髪のみだれてけさは物をこそ思へ　待賢門院堀河

81 ほととぎす鳴きつる方をながむればただありあけの月ぞ残れる　後徳大寺左大臣

82 思ひわびさてもいのちはあるものを憂きにたへぬは涙なりけり　道因法師

83 世の中よ道こそなけれ思ひ入る山の奥にも鹿ぞ鳴くなる　皇太后宮大夫俊成

84 ながらへばまたこのごろやしのばれむ憂しと見し世ぞ今は恋しき　藤原清輔朝臣

85 夜もすがら物思ふころは明けやらで閨のひまさへつれなかりけり　俊恵法師

86 なげけとて月やは物を思はするかこち顔なるわが涙かな　西行法師

87 村雨の露もまだひぬまきの葉に霧たちのぼる秋の夕暮　寂蓮法師

88 難波江の蘆のかりねのひとよゆゑみをつくしてや恋ひわたるべき　皇嘉門院別当

89 玉のをよたえなばたえねながらへば忍ぶることの弱りもぞする　式子内親王

90 見せばやな雄島のあまの袖だにもぬれにぞぬれし色はかはらず　殷富門院大輔

91 きりぎりす鳴くや霜夜のさむしろに衣かたしきひとりかも寝む　後京極摂政前太政大臣
92 わが袖は潮干にみえぬ沖の石の人こそしらねかわくまもなし　二条院讃岐
93 世の中はつねにもがもななぎさこぐあまの小舟のつなでかなしも　鎌倉右大臣
94 み吉野の山の秋風さ夜ふけてふるさと寒く衣うつなり　参議雅経
95 おほけなくうき世の民におほふかなわが立つ杣に墨染の袖　前大僧正慈円
96 花さそふ嵐の庭の雪ならでふりゆくものはわが身なりけり　入道前太政大臣
97 こぬ人をまつほの浦の夕なぎに焼くやもしほの身もこがれつつ　権中納言定家
98 風そよぐならの小川の夕暮れはみそぎぞ夏のしるしなりける　従二位家隆
99 人もをし人もうらめしあぢきなく世を思ふゆゑに物思ふ身は　後鳥羽院
100 ももしきやふるき軒ばのしのぶにもなほあまりある昔なりけり　順徳院

注・官位は後世の表記になっている

亀菊は、これらの歌を何度も繰り返し声に出して詠んでいた。

と、いきなり、頓狂（とんきょう）な声をあげた。

「御所様、これは、ことば遊びになっておりましょう。同じことば、同じ言い回しを使った歌が、何首も重なっております。同じことばのある歌同士をつなぐと何か出てくるにちがいありません。これは、多分、文になっているのでござります」

亀菊は、四首の歌を四枚の紙にかな書きし、それらを考え考え並べた。何度もその細い体を折りながら、歌を見つめて、それから、おもむろに院のお顔を仰ぎ見た。

「御所様、これらの歌をご覧くださりませ」

亀菊は目を輝かせて申し上げる。

いささか、得意そうである。

きみかためをしからさりし
いのちさへなかくもかなと
おもひけるかな

しのふれといろにいてにけ
りわかこひはものやおもふ
とひとのとふまて

きみかためはるののにいて
てわかなつむわかころもて
にゆきはふりつつ

はなさそふあらしのにはの
ゆきならてふりゆくものは
わかみなりけり

白く細い指先で歌の中のことばを上下左右に指し示しながらはずんだ声で読んだ。

「おもひ」「おもふ」「ける」「けり」

「わか」「わか」「けり」「けり」「もの」「もの」

「ゆき」「ゆき」「ふり」「ふり」

「きみかため」「きみかため」

「なんと。そういうことか。なるほどな、合点がいったぞ」

亀菊は、コトコトと声を出していかにも嬉しそうに笑った。

あくる日、おつきの者達も総出で、懐紙に歌を一首ずつ書き写すことになった。

次の日からは、亀菊と二人で、それらの歌を並べ替えることに取り組まれた。

歌は全部で百首。縦に十首、横に十首つなぐことにした。その方が出来上がりのまとまりがよい。まず、歌集のはじめに出ている天智天皇の御製を右肩に持ってきた。天智天皇は、天皇の祖として、昔から皆に敬愛されているお方である。そして、同じようなことばの言い回しを持つ歌を探して、同じことばでつないでいった。

面白いようにつながっていくが、途中、つながらない。つながったつもりで、つながっていないこともある。そのつど、また、はじめからやり直しになった。何度も何度も、ああでもない、こうでもないと試みたが、もう少しのところで、うまくいかない。

この作業に取り組んだのは紅葉の季節であった。やがて、霜が降り、雪が積もり、桜が咲き、今は散り始めていた。

相変わらず、院は亀菊と歌を前に思案されていた。この頃になると、歌をきちんとつなぐことばかり考えず、歌の並べ方そのものを変えてみようかという思いも出てきた。縦横十首をやめ、縦五首横二十首にしたりと、縦横の長さを変えてみたりした。兎に角、懲りずにいろいろ試みたがうまくいかない。

ある日の午後、院は、義綱が献上した香の良いお茶とくだものをお召しになりながら、独り言のようにつぶやかれた。

「あかん。どこかに、あやまりがあるにちがいなかろう。おおかたの歌同士がつながるのに、しまいになって全体がつながらないのはなにゆえか。そうだ、出だしに戻ってみよう。はじめに持ってきたのは天智天皇の御製。これがまちがいであったろうか」

「御所様、始めの一首を右肩に置いたのもどうどすやろ」

「そうじゃ。そうじゃ。そなたの言うとおり。始めからもう一度やり直してあるぞ。さて、それでは、どのように並べ始めるべきか」

右肩にもこだわるまい。縦横十首にもこだわるまい。天智天皇にもこだわるまい。さて、さて、どうすべきか。縦横の数を変えて並べ替えていた時、当たり前のことであるが、枚数が少ないほど並べ易かった。

そういう訳で、はじめは縦五枚横五枚にしてみよう。問題は、どこを起点にするかだ。

「仏教の曼荼羅（まんだら）でも、お釈迦様は真ん中にいてはりますえ」

「さよか」

「それでは、真ん中に誰の歌を」

「定家殿なら、どないしはりますかいな」

「ならば、朕の歌を持ってきてみよう」

中心の歌に、上下左右つながることばのある歌を探してきて、つないだ。つながることばは、同じことば・音は異なるが意味は同じことば・音が同じことばに大体なった。

枚数も少ないので、割と楽につながった。次の二十五枚は真ん中を順徳院にした。これもまあまあ上手くいった。次は定家にしてみた。これもまあまあ。「ついに成る」といううきうきした思いで笑みが二人にこぼれ始めた。最後の二十五枚の縦五枚横五枚の真ん中を誰にすべきかということになった。後鳥羽院、順徳院、定家、あと一人。そは誰ぞ。

その時、全体の歌の並びに院はお気づきになられた。歌集に出ている詠者を後ろから読めば、順徳院、後鳥羽院、藤原家隆、藤原定家となっていた。ならば、あと一人は、定家と並び称され良き競い手でもある家隆に違いない。

この日は、というより翌日は朝方近くまで起きていた。

考えてみると、興が高じて、院と亀菊は、このところ毎日昼間は外出もせず、こもって百首の謎解きばかりしていた。おもしろくて退屈はしないが、気の休まる時もなかった。

こうして、数日後、苦労の甲斐あって縦五枚横五枚のものが四つできた。それから、これら四つをつなぐことはできないものかとお考えになられた。さてさて、この四つをどのように並べると良いのか。定家のことだ。必ずや何らかの仕掛けがあるにちがいない。

歌の中に主に詠み込まれているのは、人の思いと暮らしと時とともに移ろう美しい自然・季節である。季節は春夏秋冬で、これも四つだ。

後鳥羽院の御製が中心になる歌の組み合わせをじっとご覧になる。

歌の中に「なみ」「わたのはら」「しま」「あま」「おき」「しほひ」など「海」を連想させることば

が多く入っていた。色で表すなら、青色が浮かんできた。

　家隆が中心にくる二十五枚の歌のあつまり。山の中の「もみぢ」が赤色をきわだたせた。定家の歌が中心の二十五枚は「つき」が浮かび黄色を浮かび上がらせた。また、「くも」と「つゆ」の白色。順徳院が中心にくる部分は、色に焦点を合わせるなら「はな」「ゆき」の白色、「よ（夜）」の黒色である。

　歌には、四つの季節がある。四つの色……。方角も四つで場所を表す。

「亀菊、青、赤、白、黒、東、南、西、北、五行の並びであろうか」

「つまり、こういうことであるぞ」

　そう仰せになり、院は歌を動かし始められた。

　後鳥羽院の歌が中心にくる歌の並びには青色（「海」）がやたら目立つ。五行では、青は東の位置に来る。藤原家隆の歌のある赤（「紅葉」）の目立つ組み合わせは南に、定家の白（「雲」「露」）が目立つのは西に。あと、残りの順徳院の歌は、黒（「夜」）で、北の位置に。そして、何枚か入れ替えると、四つがなんと見事つながった（P94・95参照）。


注・五行→もともとは古代中国の思想で、万物を構成する五元素は季節・方角・色彩・十干などにあてはめられた。

北←黒	東←青
西←白	南←赤

順徳院	後鳥羽院
定家	家隆

やはり、この歌集には仕掛けがあった。まだまだ、他にもあるのかもしれない。当代一の歌詠み藤原定家卿の院への秘密の文であった。

「やはり、そうであったな」

「これでやっと、これから定家殿の御文を読んでいけますね」

院は亀菊とともに過ごされた一時期の大変さ、御苦労はすっかり忘れておしまいになられ、今は、唯々、こたび、百首全てをつなぐことができたことに一安心しお喜びになられた。

つながった百首を写すのに、能茂らも参加させて数日を要した。

それからも、幾日も幾日も、院と亀菊は、定家の文の前を動かなかった。

ある日のこと、家隆の歌が中心に並べられた歌の並びをじっと見つめていた亀菊が、突然、歌うような声で院に語りかける。

「御所様。絵図でござりますう」

「ほう。絵図だと」

「歌の中の川をご覧ください」

「つまり、川がこのように、クネクネと流れておりまする」

二、三回亀菊の指が文字の上をクネクネと辿った。（口絵2参照）

「川が鉤型(かぎ)に曲がるところに、ここに滝がございます。そして、まわりの山々。山々は韓紅の紅葉にあふれて、なんと、この絵図は安徳様がおわした祖谷の地に似ております。韓紅の紅葉は、安徳様をお守りする平家衆の赤旗をも表しておりましょう。落ち武者らは、谷にシラクチカズラで編んだ橋をかけ、外からの侵入者を監視しておりました。怪しき者は、橋の渡り方で正体がわかり、その時は、見張りの者が刀で橋を切り落とそうといつも構えておりました。川のそばの、この滝は、平家の公達（きんだち）が、夜な夜な、その下で琵琶を奏で都を偲んでいましたので、琵琶の滝といつか呼ばれるようになりました。定家殿は祖谷のことをご存じでしたか」

亀菊の声が気のせいか上ずって聞こえる。

「阿奴め。兄君のことも、あの歌のことも、朕が勅勘を与えた訳にも気づきおったか。そして、歌で絵図を表し、われに語りかけるとは、さすが、当代一の歌詠み定家ならではであるぞ」

院は苦笑いされつつ腕を組まれた。

亀菊は、何のことかわからないままに、それでも嬉しそうにうなずいたのであった。

実は、安徳天皇は、世に言われているように源氏に追い詰められて三種の神器とともに壇ノ浦で入水なされたのではなく、義経の手引きで、平家一の強者平国盛ら一行に擁されて四国の阿波国祖谷の地に遷幸されていた。このことは、朝廷でも、ほんの一握りの者しか知らない秘事であった。

定家はどこでこのことを知ったのか。

一体いつ、新古今和歌集のあの歌の詠み手について気づいたのか。

定家は、安徳天皇のおわした祖谷の地を歌をつなぐことで表した。そして、安徳天皇の御製（新古今和歌集に入れた例の歌……故郷を別れし秋を数ふれば八年になりぬ有明の月）を、この百首の中に主要なことばを散りばめることで秘かに入れていた。
「ふるさと」「別れ」「秋」「なりぬ」「有明の月」が入っている。「数ふれば八年」はないが、定家の歌を中心にした西の部に「秋」は数えたら八つ入っていた。

そうすることで、「己が被った勅勘の意味もわかりましたよ。あの歌が安徳天皇の御製とは知らず、また、院と慈円の贈答歌に対してあのような歌を詠んでしまいまして、存じあげなかったとは申せ、御無礼の段、お許しくださいと主張している。それにお気づきになられた院は、「定家め、さすがであるぞ」とお褒めになられたのであった。

院は久しぶりに屈託がない風であられた。他にも絵図になっているところがあるかもしれないと思われた。

まず、東の部をじっくりご覧になられる。（口絵1・P87参照）

朕の歌の向かって右側に鎌倉右大臣の歌。実朝とは、この国を仲良く治めていけそうだと朕は期待しておった。惜しむべし。惜しむべし。なんとあはれなるぞ。右大臣の右側には参議篁。篁は嵯峨上皇の勅勘にあって隠岐島へ二年ほど流された。朕の左側には、僧慈円。「愚管抄」を著して、朕の挙兵を止めようとしたな。

東の部は海が多く、隠岐の御所の位置を表しているのだろうか。

絵に表すと、右下方に舟が浮かぶ海があり、青色が広がる。また、右上にも少し海と山がある。左上に月。左下には、海と山と松の木と花。

「青」色は、五行で言うと「春」の色。

方位は「東」。守護神は「青竜」。

音は、波の音。舟を漕ぐ音。風の音。

目立つことばは「おもふ」

こころを表すことば（数字は回数）を抜き出してみた。

（ものを）おもふ	12	をし（惜し）（愛し）	4
なみだ　なげく	3	うらめし・うらむ	2
うし（憂し）	2	こひ（恋）	2
かたし	1	さびしさ	1
かこつ	1	わぶ	1
かなし	1	あぢきなし	1
おほけなし	1	かひなし	1
（けり	5	かな	4）

つなぎことばも入れて全体を見ていると、次のような思いが浮かんでくる。


海を隔てた隠岐の海士（あま）にいて、人が恋しくつらい。

袖を波しぶき〈涙〉に濡らし、山の中で嘆きながら（迎えを）待つ。

人々はわれの名声が惜しいと言った。われは、この世がつまらない、人がいとしい、うらめしいと思った。

何度も思案して〈熟慮の上で〉ついに、立った〈挙兵した〉。


これは、朕の思いを表したものであろうか。

次の南の部（口絵2・P89参照）には、真ん中の藤原家隆の向かって左隣の歌の作者は崇徳院。鳥羽院の強要で退位させられ、保元の乱で讃岐に配流され怨霊（おんりょう）になったという。

右下隅には、冤罪で九州太宰府に左遷された菅家（菅原道真公）の歌がある。その上には、優秀な親王でありながら、天皇になれなかった在原業平朝臣。

上段左から二番目には、安倍仲麿。遣唐使であったが、船の難破等でついに日本帰国が果たせず異国の地で亡くなった。その左隣に在位九年で病気のため、廃位させられた陽成院。このように、南の部には、退位、廃位させられたり、遠い地で一生を終えたりした、その人生が幸せだったとは決して言えないような人達の歌が目立つ。

絵にしてみた。山と川。滝。紅葉。風。庵・まろや。

色は、紅葉の赤色が目につく。

五行では、赤色は夏の季節を表す。方位は南。神は玄武である。

音は鹿の鳴き声。ころもをうつ音。風の音。水の音。

目立つことばは「やま」「みね」

こころを表すことば

おもふ・おもほゆ	4	こひ・こひし	3
うし（憂し）	2	なく	2
かなし	1	うらむ	1
あはれ	1	いたづらなり	1
はげし	1	いのる	1
（けり	6	かな	2）

次のような思いが浮かんできた。


山の奥にあるわれの住む庵。

あたりには、神に供える（韓紅色の）紅葉も見られる〈多くの平家の面々が守ってくれている〉。

鹿の鳴き声・衣をうつ音・激しい風の音・川や滝の水音は聞こえるが、人の足音は絶えてしまった〈誰も訪ねてこない〉。

人恋しく、つらく、むなしく、うらめしく思われることだ。


これは、安徳天皇の御思いだろうか。

西の部（口絵3・P91参照）にも地名が見つかった。右肩に『あは』『あは』『あは』と浮かぶ。阿波国のことか。右上半分ほどは地名が多く、これらをつなぐと『須磨』『難波』『難波潟』『難波江』『住の江』と播磨国摂津国（現兵庫県・大阪府）あたりの入り江が弓なりに現れ、近くに『淡路島』があり、

『松帆の浦』が浮かぶ。その上付近に『あふさか』が三つ現れる。讃岐国と阿波国の境にある「あふさかやま」の関のことだろうか。

また、最上段真ん中の「関」右隣に「関」その下の「関」とその左の「かつら」これは祖谷のかずら橋を意味してないか。シラクチカズラで作られた谷を渡す吊り橋（関）である。外敵がやって来たら、カズラを切って侵入を防ごうと平家の落人衆は見張りをつけていた。そして、橋の渡り方で隠密者を見破ったという。

西の部分は安徳天皇のおわした地への経路を示しているのだろうか。

左中央に「死出(しで)の田長(たをさ)」「魂(たま)迎え鳥」の別名を持つ「ほととぎす」が入る。風と露がはかない命を感じさせ、死を暗示している。

注・死出の田長↓死出の山を越えて来る鳥の意

絵に表してみる。

月の黄色と雲・露の白色。

五行では、「白」色は「秋」の季節を表す。方位は「西」。守護神は「白虎」。

音は、鳥の声。風・波の音。

目立つことばは「つき」

心の内を表すことば

なく　2　うし（憂し）　2

こひし・こふ　2　さびし・さびしさ　2
わぶ（侘ぶ）　1　こがる（焦がる）　1
かなし　1　あはれ　1
（けり　2　かな　4）

次のような思いが浮かんできた。


月が八重葎（やえむぐら）の繁る秋の野を照らす。

難波潟から、西方にある、あふさか山の関を越えて、阿波国にやって来た。

雲が風に流れる。雲の切れ間に月が姿を現す。

今、つらくさびしく、いとしい思いで月をしみじみとながめて泣く。

訪れない人に恋い焦がれている。

（冷たい）秋風が吹いて（はかない）夜露〈命〉が消えるまで。


これも安徳天皇の御思いか。

北の部（口絵4・P93参照）。右肩に、定家の心の思い人かとひそかに噂のあった式子内親王の歌がきている。歌のまわりには、「しのぶ」「たまのを」「いのち」「をし」「おもふ」「うし」「こひし」「わがこひ」「みだる」のことばが浮かぶ。

北の部全体を絵に表してみた。「花」と「しのぶ」が目立つ。

季節は「冬」。方位は「北」。色は「黒」。守護神は「朱雀」。

音は、虫や鳥の鳴き声。

キーワードは「はな」

感情を表すことば

しのぶ	6	おもふ・おもひ	5
こひし・こひ	3	みだる（乱る）・まどふ（惑ふ）	2
うし（憂し）	1	いたづらなり	1
のどけし	1	なく	1
あはれ	1	つれなし	1
うらめし	1	なげく	1
（けり	8	かな	3）

次のような思いが浮かぶ。

舞い散る雪を白い花かと見まがってしまう。

いにしへのももしき〈宮中〉の（霜の降りた）「かささきのわたせるはし」の白さが恋しくつらく偲（しの）ばれる。

この身はむなしく、この世に生きながらえている。

（あの楽しかった日々を思い）長い暗い夜〈世〉が恨めしく、心乱れ、嘆きながら、ひとり寝ている。

注・「かささきのわたせるはし」→①陰暦七月七日の七夕の夜に、牽牛星と織女星が会う時、カササギが翼を並べて天の川にかけ、織女星を渡したという想像上の橋。②（宮中を天上に見立て）宮中の殿舎の階段

北の部は「宮中」「かささぎのわたせるはし」が出てきている。朕の思いを定家が代わりに申し上げているということか。

先ほどから亀菊は指を折ながらなにやら数えている。

東南西北の歌それぞれの中に一番多く使われていることばは、

「おもふ（十二回）」

「山・みね（十三回）」

「月（九回）」

「花・さくら（七回）」である。

これらをつなぐと、

「山のなかで月を眺めながら花（都）を思ふ」

亀菊は、またもう一つ見つけたようだ。

かせをいたみいはうつなみのおのれのみくたけてものをおもふころかな

あひみてののちのこころにくらふれはむかしはものをおもはさりけり

なかからむこころもしらすくろかみのみたれてけさはものをこそおもへ

わすらるるみをはおもはすちかひてしひとのいのちのをしくもあるかな

わすれしのゆくすゑまてはかたけれはけふをかきりのいのちともかな

やまさとはふゆそさひしさまさりけるひとめもくさもかれぬとおもへは

あらさらむこのよのほかのおもひてにいまひとたひのあふこともかな

みかきもりゑしのたくひのよるはもえひるはきえつつものをこそおもへ

なけけとてつきやはものをおもはするかこちかほなるわかなみたかな

おもひわひさてもいのちはあるものをうきにたへぬはなみたなりけり

わたのはらやそしまかけてこきいてぬとひとにはつけよあまのつりふね

よのなかはつねにもかもななきさこくあまのをふねのつなてかなしも

ひともをしひともうらめしあちきなくよをおもふゆゑにものおもふみは

おほけなくうきよのたみにおほふかなわかたつそまにすみそめのそて

こひすてふわかなはまたきたちにけりひとしれすこそおもひそめしか

わたのはらこきいててみれはひさかたのくもゐにまかふおきつしらなみ

みせはやなをしまのあまのそてたにもぬれにそぬれしいろはかはらす

うらみわひほさぬそてたにあるものをこひにくちなむなこそをしけれ

はるのよのゆめはかりなるたまくらにかひなくたたむなこそをしけれ

たかさこのをのへのさくらさきにけりとやまのかすみたたすもあらなむ

わかそてはしほひにみえぬおきのいしのひとこそしらねかわくまもなし

おとにきくたかしのはまのあたなみはかけしやそてのぬれもこそすれ

ちきりきなかたみにそてをしほりつつすゑのまつやまなみこさしとは

たちわかれいなはのやまのみねにおふるまつとしきかはいまかへりこむ

おほえやまいくののみちのとほけれはまたふみもみすあまのはしたて

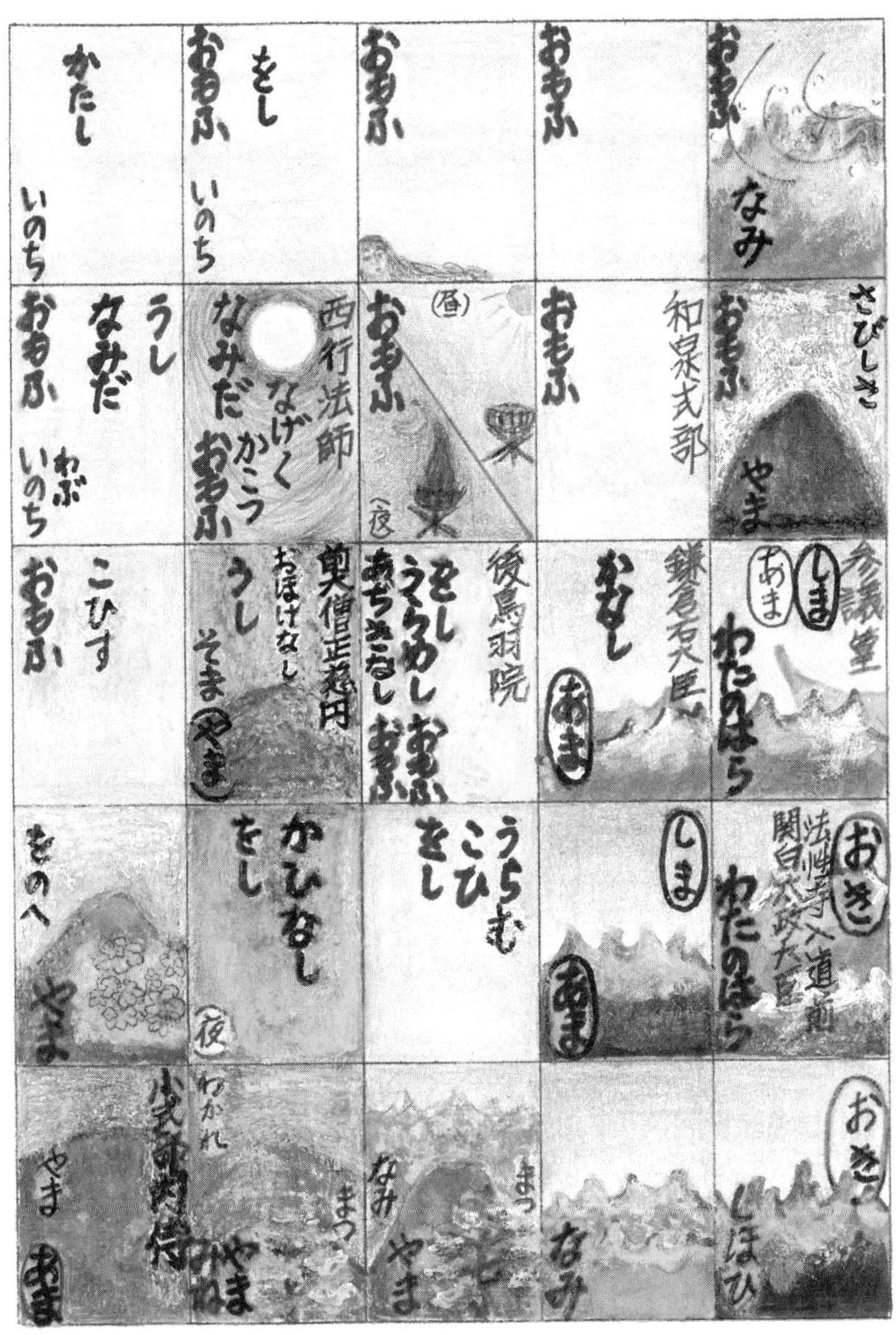

おもふ なみ
おもふ
おもふ
をし おもふ いのち
かたし いのち
さびしさ おもふ やま
和泉式部 おもふ
(昼) おもふ (夜)
西行法師 なげく かこつ なみだ おもふ
うし なみだ おもふ わぶ いのち
参議篁 しま あま わたのはら
鎌倉右大臣 かなし あま
後鳥羽院 をし うらめし あぢきなし おもふ おもふ
前大僧正慈円 うし おほけなし そま やま
こひす おもふ
法性寺入道前関白太政大臣 おき わたのはら
しま あま
うらむ こひ をし
かひなし をし 夜
をのへ やま
おき しほひ
なみ
まつ なみ やま
わかれ まつ やま みね
小式部内侍 やま あま

東の位置

わかいほはみやこの
たつみしかそすむよ
をうちやまとひとは
いふなり

あきのたのかりほの
いほのとまをあらみ
わかころもてはつゆ
にぬれつつ

はるすきてなつきに
けらししろたへのこ
ろもほすてふあまの
かくやま

あまのはらふりさけ
みれはかすかなるみ
かさのやまにいてし
つきかも

つくはねのみねより
おつるみなのかはこ
ひそつもりてふちと
なりぬる

よのなかよみちこそ
なけれおもひいるや
まのおくにもしかそ
なくなる

みよしののやまのあ
きかせさよふけてふ
るさとさむくころも
うつなり

ありまやまゐなのさ
さはらかせふけはい
てそよひとをわすれ
やはする

みかのはらわきてな
かるるいつみかはい
つみきとてかこひし
かるらむ

やまかはにかせのか
けたるしからみはな
かれもあへぬもみち
なりけり

おくやまにもみちふ
みわけなくしかのこ
ゑきくときそあきは
かなしき

ゆふされはかとたの
いなはおとつれてあ
しのまろやにあきか
せそふく

かせそよくならのを
かはのゆふくれはみ
そきそなつのしるし
なりける

せをはやみいはにせ
かるるたきかはのわ
れてもすゑにあはむ
とそおもふ

あふことのたえてし
なくはなかなかにひ
とをもみをもうらみ
さらまし

ちはやふるかみよも
きかすたつたかはか
らくれなゐにみつく
くるとは

あらしふくみむろの
やまのもみちははた
つたのかはのにしき
なりけり

あさほらけうちのか
はきりたえたえにあ
らはれわたるせせの
あしろき

たきのおとはたえて
ひさしくなりぬれと
なこそなかれてなほ
きこえけれ

あはれともいふへき
ひとはおもほえてみ
のいたつらになりぬ
へきかな

このたひはぬさもと
りあへすたむけやま
もみちのにしきかみ
のまにまに

をくらやまみねのも
みちはこころあらは
いまひとたひのみゆ
きまたなむ

うかりけるひとをは
つせのやまおろしよ
はけしかれとはいの
らぬものを

ゆらのとをわたるふ
なひとかちをたえゆ
くへもしらぬこひの
みちかな

いまはたたおもひた
えなむとはかりをひ
とつてならていふよ
しもかな

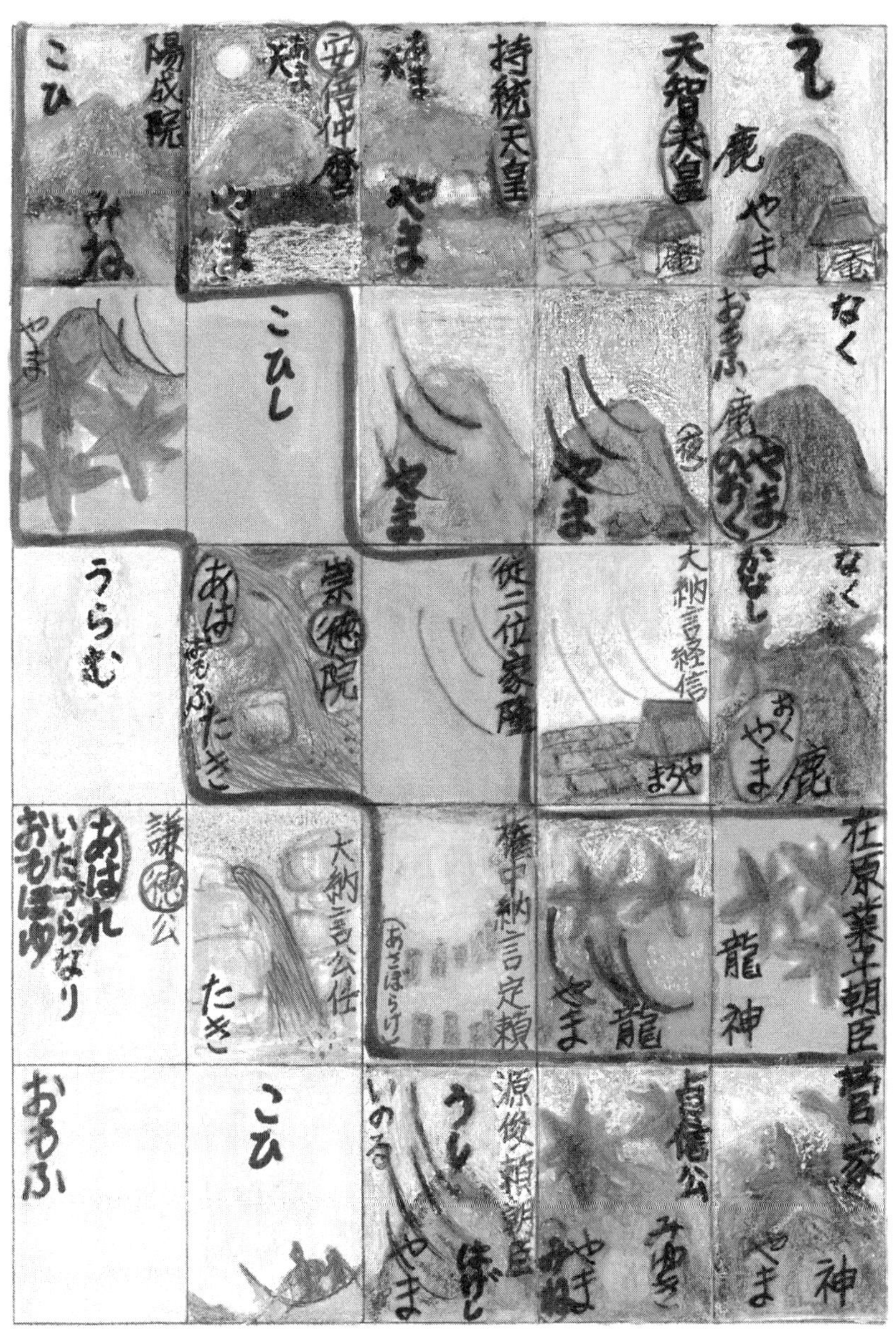

南の位置

わひぬれはいまはた
おなしなにはなるみ
をつくしてもあはむ
とそおもふ

あはちしまかよふち
とりのなくこゑにい
くよねさめぬすまの
せきもり

これやこのゆくもか
へるもわかれてはし
るもしらぬもあふさ
かのせき

ありあけのつれなく
みえしわかれよりあ
かつきはかりうきも
のはなし

こころにもあらてう
きよになからへはこ
ひしかるへきよはの
つきかな

なにはかたみしかき
あしのふしのまもあ
はてこのよをすくし
てよとや

よをこめてとりのそ
らねははかるともよ
にあふさかのせきは
ゆるさし

なにしおははあふさ
かやまのさねかつら
ひとにしられてくる
よしもかな

いまこむといひしは
かりになかつきのあ
りあけのつきをまち
いてつるかな

やすらはてねなまし
ものをさよふけてか
たふくまてのつきを
みしかな

なにはえのあしのか
りねのひとよゆゑみ
をつくしてやこひわ
たるへき

すみのえのきしによ
るなみよるさへやゆ
めのかよひちひとめ
よくらむ

こぬひとをまつほの
うらのゆふなきにや
くやもしほのみもこ
かれつつ

つきみれはちちにも
のこそかなしけれわ
かみひとつのあきに
はあらねと

ほとときすなきつる
かたをなかむれはた
たありあけのつきそ
のこれる

めくりあひてみしや
それともわかぬまに
くもかくれにしよは
のつきかな

なつのよはまたよひ
なからあけぬるをく
ものいつこにつきや
とるらむ

やへむくらしけれる
やとのさひしきにひ
とこそみえねあきは
きにけり

ちきりおきしさせも
かつゆをいのちにて
あはれことしのあき
もいぬめり

さひしさにやとをた
ちいててなかむれは
いつこもおなしあき
のゆふくれ

あきかせにたなひく
くものたえまよりも
れいつるつきのかけ
のさやけさ

あまつかせくものか
よひちふきとちよを
とめのすかたしはし
ととめむ

ふくからにあきのく
さきのしをるれはむ
へやまかせをあらし
といふらむ

しらつゆにかせのふ
きしくあきののはつ
らぬきとめぬたまそ
ちりける

むらさめのつゆもま
たひぬまきのはにき
りたちのほるあきの
ゆふくれ

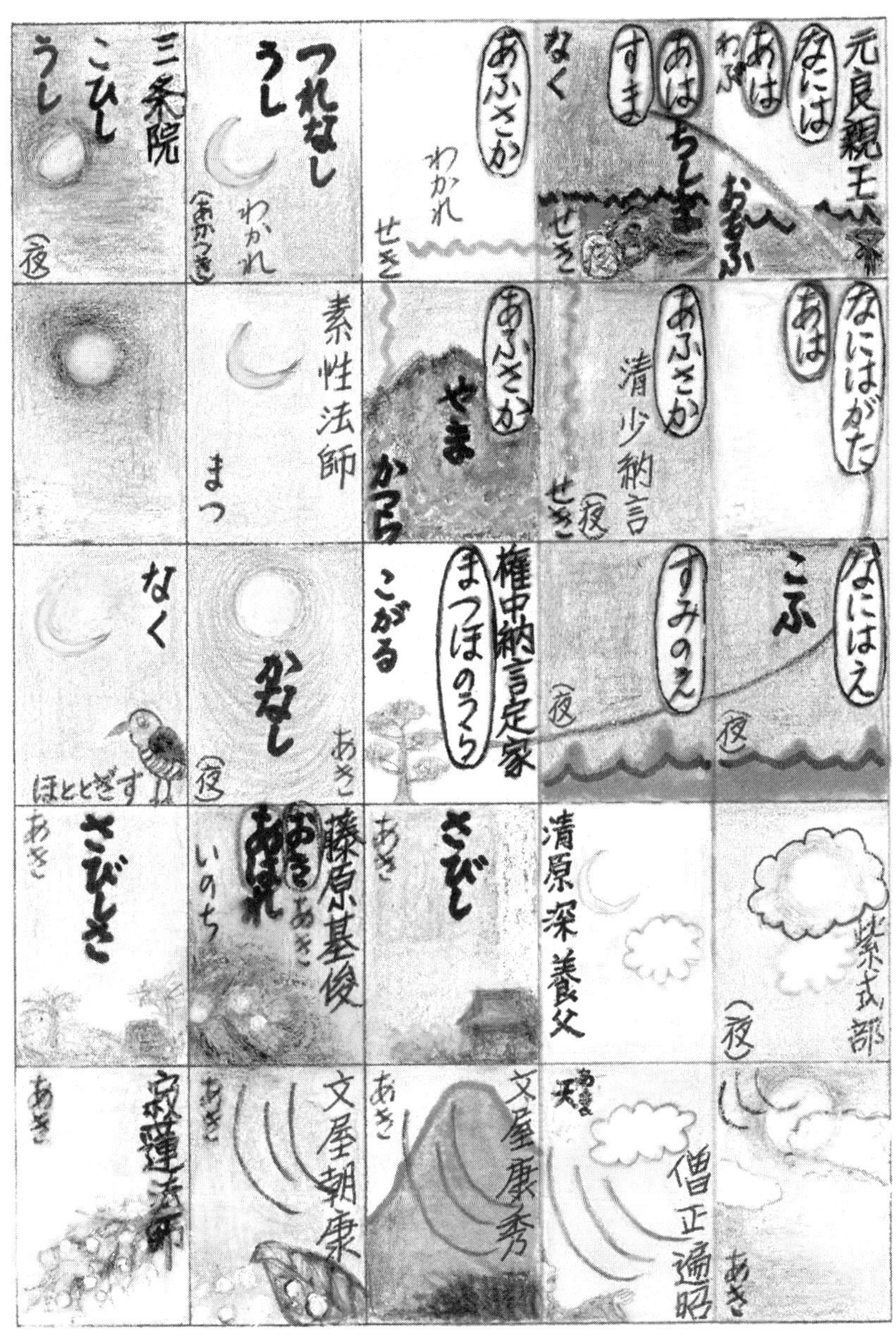

西の位置

たまのをよたえなはたえねなからへはしのふることのよわりもそする

きみかためをしからさりしいのちさへなかくもかなとおもひけるかな

きみかためはるののにいててわかなつむわかころもてにゆきはふりつつ

たこのうらにうちいててみれはしろたへのふしのたかねにゆきはふりつつ

あさほらけありあけのつきとみるまてによしののさとにふれるしらゆき

なからへはまたこのころやしのはれむうしとみしよそいまはこひしき

しのふれといろにいてにけりわかこひはものやおもふとひとのとふまて

はなさそふあらしのにはのゆきならてふりゆくものはわかみなりけり

はなのいろはうつりにけりないたつらにわかみよにふるなかめせしまに

かささきのわたせるはしにおくしものしろきをみれはよそふけにける

みちのくのしのふもちすりたれゆゑにみたれそめにしわれならなくに

あさちふのをののしのはらしのふれとあまりてなとかひとのこひしき

ももしきやふるきのきはのしのふにもなほあまりあるむかしなりけり

いにしへのならのみやこのやへさくらけふここのへににほひぬるかな

こころあてにをらはやをらむはつしものおきまとはせるしらきくのはな

たれをかもしるひとにせむたかさこのまつもむかしのともならなくに

かくとたにえやはいふきのさしもくささしもしらしなもゆるおもひを

ひとはいさこころもしらすふるさとははなそむかしのかににほひける

ひさかたのひかりのとけきはるのひにしつこころなくはなのちるらむ

きりきりすなくやしもよのさむしろにころもかたしきひとりかもねむ

もろともにあはれとおもへやまさくらはなよりほかにしるひともなし

よもすからものおもふころはあけやらてねやのひまさへつれなかりけり

あけぬれはくるるものとはしりなからなほうらめしきあさほらけかな

なけきつつひとりぬるよのあくるまはいかにひさしきものとかはしる

あしひきのやまとりのをのしたりをのなかなかしよをひとりかもねむ

式子内親王
しのぶ
たまのを
をし
おもふ
いのち
光孝天皇
山部赤人
やま
よの
さと
しのぶ
うし
こひし
しのぶ
こひ
おもふ
入道前太政大臣
いたづらなり
中納言家持
おく
夜
みちのく
しのぶ
みだる
しのぶ
こひし
順徳院
ももしき
しのぶ
ならの
みやこ
京
ここのへ
おく
しらぎく
まどふ
まつ
おもひ
紀貫之
さと
紀友則
のどけし
なく
夜
あはれ
おもふ
やま
つれなし
おもふ
夜
うらめし
（あさぼらけ）
なげく
夜
柿本人麻呂
夜
やま

北の位置

つながった「百人一首」

かせをいたみいはうつな
みのおのれのみくたけて
ものをおもふころかな
おもふ・おもへ
→ ものをおもふ・ものをおもは

あひみてののちのこころ
にくらふれはむかしはも
のをおもはさりけり
あひ・あふ　おもは・おもひ
→ こころ　ものをおもは・ものをおもへ

なかからむこころもしら
すくろかみのみたれてけ
さはものをこそおもへ
ものをこそおもへ
→ おもへ・おもは

わすらるるみをはおもは
すちかひてしひとのいの
ちのをしくもあるかな
おもは　かな
→ わすら・わすれ　いのち　かな

わすれしのゆくすゑまて
はかたけれはけふをかき
りのいのちともかな
いのち
→ いのち・たまのを

たまのをよたえなはたえ
ねなからへはしのふるこ
とのよわりもそする
なからへは　しのふる・しのは
→ たまのを・いのち　なか

きみかためをしからさり
しいのちさへなかくもか
なとおもひけるかな
おもひ・おもふ　ける・けり
→ きみかため

きみかためはるののにい
ててわかなつむわかころ
もてにゆきはふりつつ
わか　ゆき　ふり
→ いてて　ゆきはふりつつ

たこのうらにうちいてて
みれはしろたへのふしの
たかねにゆきはふりつつ
ふり・ふる
→ みれ・みる　しろ・しら　ゆき　ふり・ふれ

あさほらけありあけのつ
きとみるまてによしのの
さとにふれるしらゆき
みる・みれ　しら・しろ

やまさとはふゆそさひし
さまさりけるひとめもく
さもかれぬとおもへは
ひと
→ ひと　おもへ・おもひ

あらさらむこのよのほか
のおもひてにいまひとた
ひのあふこともかな
よ
→ おもひ・おもへ

みかきもりゑしのたくひ
のよるはもえひるはきえ
つつものをこそおもへ
ものおもへ・ものおもふ
→ ものをおもへ・ものをおもは

なけけとてつきやはもの
をおもはするかこちかほ
なるわかなみたかな
わか　かな
→ ものを　おもは・おもひ　なみた

おもひわひさてもいのち
はあるものをうきにたへ
ぬはなみたなりけり
おもひ　けり
→ うき・うし

なからへはまたこのころ
やしのはれむうしとみし
よそいまはこひしき
しのは・しのふ
→ しのは・しのふれ　こひ

しのふれといろにいてに
けりわかこひはものやお
もふとひとのとふまて
しのふれ　こひ　ひと
→ けり　わか　もの

はなさそふあらしのには
のゆきならてふりゆくも
のはわかみなりけり
なりけり
→ はな　ふり・ふる　わかみ　けり

はなのいろはうつりにけ
りないたつらにわかみよ
にふるなかめせしまに
はな・さくら
→ にけり・にける　よ

かささきのわたせるはし
におくしものしろきをみ
れはよそふけにける
おく・おき　しも　しろ・しら

わたのはらやそしまかけ
てこきいてぬとひとには
つけよあまのつりふね
わたのはら　こきいて
→ こき・こく　あま　ふね

よのなかはつねにもかも
ななきさこくあまのをふ
ねのつなてかなしも
あま
→ よ

ひともをしひともうらめ
しあちきなくよをおもふ
ゆゑにものおもふみは
をし・をしけれ　うら　もの
→ なく　よ

おほけなくうきよのたみ
におほふかなわかたつそ
まにすみそめのそて
なく　よ　たつ・たた
→ わか　たつ・たち　そめ

こひすてふわかなはまた
きたちにけりひとしれす
こそおもひそめしか
たち・たた　にけり
→ わ・われ　そめ

みちのくのしのふもちす
りたれゆゑにみたれそめ
にしわれならなくに
たれ　ならなくに
→ しのふ・しのふれ

あさちふのをののしのは
らしのふれとあまりてな
とかひとのこひしき
あさち・くさ
→ しのふれ・しのふ　あまり

ももしきやふるきのきは
のしのふにもなほあまり
あるむかしなりけり
ふる　むかし　けり・ける
→ ももしき・ここのへ　むかし・いにしへ

いにしへのならのみやこ
のやへさくらけふここの
へににほひぬるかな
さくら・はな
→ さくら・はな

こころあてにをらはやを
らむはつしものおきまと
はせるしらきくのはな
しも

わたのはらこきいててみ
れはひさかたのくもゐに
まかふおきつしらなみ
み(れ)・み(え)　おき　しら
→ み（れ）・み（せ）

みせはやなをしまのあま
のそてたにもぬれにそぬ
れしいろはかはらす
そて　ぬれ
→ そてたに

うらみわひほさぬそてた
にあるものをこひにくち
なむなこそをしけれ
そて
→ なこそをしけれ

はるのよのゆめはかりな
るたまくらにかひなくた
たむなこそをしけれ
たた・たち
→ たた

たかさこのをのへのさく
らさきにけりとやまのか
すみたたすもあらなむ
やま　たた・たて
→ たかさこの

たれをかもしるひとにせ
むたかさこのまつもむか
しのともならなくに
しるひと　とも
→ しる・しら

かくとたにえやはいふき
のさしもくささしもしら
しなもゆるおもひを
おもひ・おもふ
→ しら

ひとはいさこころもしら
すふるさとははなそむか
しのかににほひける
しら・しり
→ こころ　はな

ひさかたのひかりのとけ
きはるのひにしつこころ
なくはなのちるらむ
ひさ
→ なく

きりきりすなくやしもよ
のさむしろにころもかた
しきひとりかもねむ
よ　ひとりかもねむ

わかそてはしほひにみえ
ぬおきのいしのひとこそ
しらねかわくまもなし
わか　ひと
→ そて

おとにきくたかしのはま
のあたなみはかけしやそ
てのぬれもこそすれ
そて・ころもて　ぬれ
→ なみ　そて

ちきりきなかたみにそて
をしほりつつすゑのまつ
やまなみこさしとは
やま
→ まつ　やま　やま・みね

たちわかれいなはのやま
のみねにおふるまつとし
きかはいまかへりこむ
やま　みね・やま
→ たち・たて　やま　みね・やま

おほえやまいくののみち
のとほけれはまたふみも
みすあまのはしたて
やま・みね
→ やま

もろともにあはれとおも
へやまさくらはなよりほ
かにしるひともなし
あは　おもへ・おもふ
→ おもへ・おもふ

よもすからものおもふこ
ろはあけやらてねやのひ
まさへつれなかりけり
よ
→ もの　あけ

あけぬれはくるるものと
はしりなからなほうらめ
しきあさほらけかな
しり・しる・しら
→ あけ・あくる　もの　しり・しる

なけきつつひとりぬるよ
のあくるまはいかにひさ
しきものとかはしる
あくる・あけ　もの
→ ひとり　ぬる・ね　よ　ひさしき・なかなかし

あしひきのやまとりのを
のしたりをのなかなかし
よをひとりかもねむ
なか　よ

わか　ひと
わかいほはみやこのたつ
みしかそすむよをうちや
まとひとはいふなり
わか　いほ

そて・ころもて　ぬれ
あきのたのかりほのいほ
のとまをあらみわかころ
もてはつゆにぬれつつ
ころも

やま
はるすきてなつきにけら
ししろたへのころもほす
てふあまのかくやま
つき　あま　やま

やま　みね・やま
あまのはらふりさけみれ
はかすかなるみかさのや
まにいてしつきかも
やま・みね

やま・みね
つくはねのみねよりおつ
るみなのかはこひそつも
りてふちとなりぬる
ふち・みを

あは　おもへ・おもふ
わひぬれはいまはたおな
しなにはなるみをつくし
てもあはむとそおもふ
みを・ふち　あは

よ
あはちしまかよふちとり
のなくこゑにいくよねさ
めぬすまのせきもり
せき

しり・しる・しら
これやこのゆくもかへる
もわかれてはしるもしら
ぬもあふさかのせき
わかれ

あくる・あけ　もの
ありあけのつれなくみえ
しわかれよりあかつきは
かりうきものはなし
つき　うき

なか　よ
こころにもあらてうきよ
になからへはこひしかる
へきよはのつきかな

しか　よ　やま　なり・なる
よのなかよみちこそなけ
れおもひいるやまのおく
にもしかそなくなる
よ　やま　なる・なり

ころも
みよしののやまのあきか
せさよふけてふるさとさ
むくころもうつなり
やま　かせ　ふけ

やま
ありまやまゐなのささは
らかせふけはいてそよひ
とをわすれやはする
はら

はら　みれ・み
みかのはらわきてなかる
るいつみかはいつみきと
てかこひしかるらむ
なか　かは

みね・やま　かは　なり
やまかはにかせのかけた
るしからみはなかれもあ
へぬもみちなりけり
あ（へ）・あ（は）

なには　あは
なにはかたみしかきあし
のふしのまもあはてこの
よをすくしてよとや
あは・あふ　よ

とり　こゑ・ね　よ　せき
よをこめてとりのそらね
ははかるともよにあふさ
かのせきはゆるさし
あふさか

しる・しら　しら　あふさか
なにしおははあふさかや
まのさねかつらひとにし
られてくるよしもかな
くる・こ　かな

ありあけ　つき　はかり
いまこむといひしはかり
になかつきのありあけの
つきをまちいてつるかな
つき　かな

よ　つき　かな
やすらはてねなましもの
をさよふけてかたふくま
てのつきをみしかな

やま　おく　しか　なく
おくやまにもみちふみわ
けなくしかのこゑきくと
きそあきはかなしき
こゑ・おと

かせ
ゆふされはかとたのいな
はおとつれてあしのまろ
やにあきかせそふく
ゆふ　かせ

かせ
かせそよくならのをかは
のゆふくれはみそきそな
つのしるしなりける
かは

かは
せをはやみいはにせかる
るたきかはのわれてもす
ゑにあはむとそおもふ
あは・あふ

あ（へ）・あ（ふ）
あふことのたえてしなく
はなかなかにひとをもみ
をもうらみさらまし
ひと　み

なには　あし　よ
なにはえのあしのかりね
のひとよゆゑみをつくし
てやこひわたるへき
よ

よ・よる
すみのえのきしによるな
みよるさへやゆめのかよ
ひちひとめよくらむ
え　ひと　よ・よる

ひと　くる・こ
こぬひとをまつほのうら
のゆふなきにやくやもし
ほのみもこかれつつ
ひと

つき
つきみれはちちにものこ
そかなしけれわかみひと
つのあきにはあらねと
ひと　み

かた　つき
ほとときすなきつるかた
をなかむれはたたありあ
けのつきそのこれる
つき

きく・きか
ちはやふるかみよもきか
すたつたかはからくれな
ゐにみつくくるとは
たつたかは・たつたのかは

かせ・あらし　ふく
あらしふくみむろのやま
のもみちははたつたのか
はのにしきなりけり
かは

かは
あさほらけうちのかはき
りたえたえにあらはれわ
たるせせのあしろき
たえ

たき
たきのおとはたえてひさ
しくなりぬれとなこそな
かれてなほきこえけれ
なりぬれ・なりぬ

ひと　み
あはれともいふへきひと
はおもほえてみのいたつ
らになりぬへきかな
かな

よ
めくりあひてみしやそれ
ともわかぬまにくもかく
れにしよはのつきかな
くも　よ　つき

よる・よ　らむ
なつのよはまたよひなか
らあけぬるをくものいつ
こにつきやとるらむ
やと

こ・き　ひと
やへむくらしけれるやと
のさひしきにひとこそみ
えねあきはきにけり
さひしき・あはれ

こそかなしけれ・あはれ
ちきりおきしさせもかつ
ゆをいのちにてあはれこ
としのあきもいぬめり
あはれ・さひしさ

なかむれは
さひしさにやとをたちい
てなかむれはいつこも
おなしあきのゆふくれ

かみ
このたひはぬさもとりあ
へすたむけやまもみちの
にしきかみのまにまに
たひ　やま　やま・みね　もみち

やま　やま・みね　もみちは
をくらやまみねのもみち
はこころあらはいまひと
たひのみゆきまたなむ
やま　みね・やま　ひと

せ
うかりけるひとをはつせ
のやまおろしよはけしか
れとはいのらぬものを
ひと

たえ
ゆらのとをわたるふなひ
とかちをたえゆくへもし
らぬこひのみちかな
ひと　たえ　かな

いふ　ひと　かな
いまはたたおもひたえな
むとはかりをひとつてな
らていふよしもかな
たえ

ま　くも　つき
あきかせにたなひくくも
のたえまよりもれいつる
つきのかけのさやけさ
かせ　くも

くも
あまつかせくものかよひ
ちふきとちよをとめのす
かたしはしとめむ
かせ　ふき・ふく

むくら・くさ
ふくからにあきのくさき
のしをるれはむへやまか
せをあらしといふらむ
ふく・ふき　かせ

つゆ
しらつゆにかせのふきし
くあきののはつらぬきと
めぬたまそちりける
つゆ

たち　あきのゆふくれ
むらさめのつゆもまたひ
ぬまきのはにきりたちの
ほるあきのゆふくれ

注・1「いのち」と「たまのを」「たまのを」→命。生命。2「そて」と「ころもて」「衣手」→袖の歌語。3「やま」と「みね」「みね」［峰・峯・嶺］→《「み」は接頭語》「やま」のいただき。4「ふち」と「みを」「ふち」［淵］→水がよどんで深い所。「みを」［水脈・澪］→海や川で、船が往来するのに適した水が深く流れる筋。5「かせ」と「あらし」　古語の「あらし（嵐）」は、「山から吹き下ろす強風」の意。6「むくら」と「くさ」「むぐら」［葎］→つる草の総称。ヤエムグラなど。7「あはれ」と「かなし・さひし」　古語の「あはれ」は「悲哀」「寂しさ」の意有り。8「あさち」と「くさ」「あさぢ」［浅茅］→（荒れ地に生える）丈の低いチガヤ。「チガヤ」はイネ科の多年草。9「ももしき」と「ここのへ」「ももしき」［百敷］→宮中。「ここのへ」［九重］→宮中。皇居。内裏。10「はな」と「さくら」「花」と言えば「桜」（平安時代以降）。

院は、つながった百首全体を通して読んでみたいと思われた。

とりあえず、右肩の源重之の歌から始めてみる。左につきあたって右へそして左へと読んでみる。

源重之は、百首の形式の歌を皇太子（後の冷泉天皇）に初めて献上した人だ。

百首が縦横すべてつながっているわけだから、どこから読んでもつながるはずではあるが……。

百人一首を読む〈番号は歌番号〉

31	4	15	50	89	54	38	80	43	48
6	9	96	40	84	82	86	49	56	28
29	61	100	39	14	41	95	99	93	11
91	33	35	51	34	73	67	65	90	76
3	53	52	85	66	60	16	42	72	92
68	30	10	78	20	13	7	2	1	8
59	21	25	62	19	32	27	58	94	83
81	23	97	18	88	44	77	98	71	5
70	75	47	36	57	45	55	64	69	17
87	37	22	12	79	63	46	74	26	24

48　かせをいたみいはうつなみのおのれのみくたけてものをおもふころかな　源重之
ものをおもふ・ものをおもは

43　あひみてののちのこころにくらふれはむかしはものをおもはさりけり　権中納言敦忠
こころ　ものをおもは・ものを（こそ）おもへ

80　なかからむこころもしらすくろかみのみたれてけさはものをこそおもへ　待賢門院堀河
おもへ・おもは

38　わすらるるみをはおもはすちかひてしひとのいのちのをしくもあるかな　右近
わすら・わすれ　いのち　かな・（も）かな

54　わすれしのゆくすゑまてはかたけれはけふをかきりのいのちともかな　儀同三司母
いのち・たまのを

89　たまのをよたえなはたえねなからへはしのふることのよわりもそする　式子内親王
たまのを・いのち　なか（らへ）・なか（く）

50　きみかためをしからさりしいのちさへなかくもかなとおもひけるかな　藤原義孝
きみかため

15　きみかためはるののにいててわかなつむわかころもてにゆきはふりつつ　光孝天皇
いてて　ゆきはふりつつ

4　たこのうらにうちいててみれはしろたへのふしのたかねにゆきはふりつつ　山部赤人
みれ・みる　しろ・しら　ゆき　ふり・ふれ

31　あさほらけありあけのつきとみるまてによしののさとにふれるしらゆき　坂上是則
みる・みれ　しら・しろ（き）

6　かささきのわたせるはしにおくしものしろきをみれはよそふけにける　中納言家持
よ　にける・にけり

9　はなのいろはうつりにけりないたつらにわかみよにふるなかめせしまに　小野小町
はな　けり　わかみ　ふる・ふり

96　はなさそふあらしのにはのゆきならてふりゆくものはわかみなりけり　入道前太政大臣
もの　わか　けり

40　しのふれといろにいてにけりわかこひはものやおもふとひとのとふまて　平兼盛
しのふれ・しのは　こひ・こひ（しき）

84　なからへはまたこのころやしのはれむうしとみしよそいまはこひしき　藤原清輔朝臣
うし・うき

82　おもひわひさてもいのちはあるものをうきにたへぬはなみたなりけり　道因法師
おもひ・おもは　ものを　なみた

86　なけけとてつきやはものをおもはするかこちかほなるわかなみたかな　西行法師
ものをおもは・ものを（こそ）おもへ

49　みかきもりゑしのたくひのよるはもえひるはきえつつものをこそおもへ　大中臣能宣朝臣
おもへ・おもひ

56　あらさらむこのよのほかのおもひてにいまひとたひのあふこともかな　和泉式部
おもひ・おもへ　ひと

28　やまさとはふゆそさひしさまさりけるひとめもくさもかれぬとおもへは　源宗于朝臣
ひと

11　わたのはらやそしまかけてこきいてぬとひとにはつけよあまのつりふね　参議篁
こき・こく　あま　ふね

93　よのなかはつねにもかもななきさこくあまのをふねのつなてかなしも　鎌倉右大臣
よ

99　ひともをしひともうらめしあちきなくよをおもふゆゑにものおもふみは　後鳥羽院
（あちき）なく・（おほけ）なく　よ

95　おほけなくうきよのたみにおほふかなわかたつそまにすみそめのそて　前大僧正慈円
わか　たつ・たち　そめ

41　こひすてふわかなはまたきたちにけりひとしれすこそおもひそめしか　壬生忠見
わ・われ　そめ

14　みちのくのしのふもちすりたれゆゑにみたれそめにしわれならなくに　河原左大臣
しのふ・しのふれ

39 あさちふのをののしのはらしのふれとあまりてなとかひとのこひしき　参議等
しのふれ・しのふ　あまり

100 ももしきやふるきのきはのしのふにもなほあまりあるむかしなりけり　順徳院
ももしき・ここのへ　むかし・いにしへ

61 いにしへのならのみやこのやへさくらけふここのへににほひぬるかな　伊勢大輔
さくら・はな

29 こころあてにをらはやをらむはつしものおきまとはせるしらきくのはな　凡河内躬恒
しも

91 きりきりすなくやしもよのさむしろにころもかたしきひとりかもねむ　後京極摂政前太政大臣
なく

33 ひさかたのひかりのとけきはるのひにしつこころなくはなのちるらむ　紀友則
こころ　はな

35 ひとはいさこころもしらすふるさとははなそむかしのかににほひける　紀貫之
しら

51 かくとたにえやはいふきのさしもくささしもしらしなもゆるおもひを　藤原実方朝臣
しら・しる

34 たれをかもしるひとにせむたかさこのまつもむかしのともならなくに　藤原興風
たかさこの

73　たかさこのをのへのさくらさきにけりとやまのかすみたたすもあらなむ　前中納言匡房

たた

67　はるのよのゆめはかりなるたまくらにかひなくたたむなこそをしけれ　周防内侍

なこそをしけれ

65　うらみわひほさぬそてたにあるものをこひにくちなむなこそをしけれ　相模

そてたに

90　みせはやなをしまのあまのそてたにもぬれにそぬれしいろはかはらす　殷富門院大輔

み（せ）・み（れ）

76　わたのはらこきいててみれはひさかたのくもゐにまかふおきつしらなみ　法性寺入道前関白太政大臣

み（れ）・み（え）　おき　しら（なみ）・しら（ね）

92　わかそてはしほひにみえぬおきのいしのひとこそしらねかわくまもなし　二条院讃岐

そて

72　おとにきくたかしのはまのあたなみはかけしやそてのぬれもこそすれ　祐子内親王家紀伊

なみ　そて

42　ちきりきなかたみにそてをしほりつつすゑのまつやまなみこさしとは　清原元輔

まつ　やま

16　たちわかれいなはのやまのみねにおふるまつとしきかはいまかへりこむ　中納言行平

たち・たて　やま

60　おほえやまいくののみちのとほけれはまたふみもみすあまのはしたて　小式部内侍
やま

66　もろともにあはれとおもへやまさくらはなよりほかにしるひともなし　前大僧正行尊
おもへ・おもふ

85　よもすからものおもふころはあけやらてねやのひまさへつれなかりけり　俊恵法師
もの　あけ

52　あけぬれはくるるものとはしりなからなほうらめしきあさほらけかな　藤原道信朝臣
あけ・あくる　もの　しり・しる

53　なけきつつひとりぬるよのあくるまはいかにひさしきものとかはしる　右大将道綱母
ひとり　ぬる・ね　よ　ひさしき・なかなかし

3　あしひきのやまとりのをのしたりをのなかなかしよをひとりかもねむ　柿本人麻呂
なか（なかし）・なか（らへ）　よ

68　こころにもあらてうきよになからへはこひしかるへきよはのつきかな　三条院
うき　つき

30　ありあけのつれなくみえしわかれよりあかつきはかりうきものはなし　壬生忠岑
わかれ

10　これやこのゆくもかへるもわかれてはしるもしらぬもあふさかのせき　蝉丸
せき

78 **あは**ちしまかよ**ふち**とりのなくこゑにいくよねさめぬすまの**せき**もり　源兼昌

あは　ふち・みを

20 わひぬれはいまはたおなしなにはなる**みを**つくしても**あは**むとそおもふ　元良親王

みを・ふち

13 つくはねの**みね**よりおつるみなのかはこひそつもりて**ふち**となりぬる　陽成院

みね・やま

7 **あま**のはらふりさけみれはかすかなるみかさの**やま**にいてし**つき**かも　安倍仲麿

あま　やま　つき

2 はるすきてな**つき**にけらししろたへの**ころも**ほすてふ**あま**のかく**やま**　持統天皇

ころも

1 あきのたのかりほの**いほ**のとまをあらみ**わかころも**てはつゆにぬれつつ　天智天皇

いほ　わか

8 **わかいほ**はみやこのたつみ**しか**そすむ**よ**をうち**やま**とひとはいふ**なり**　喜撰法師

しか　よ　やま　なり・なる

83 **よ**のなかよみちこそなけれおもひいる**やま**のおくにも**しか**そなく**なる**　皇太后宮大夫俊成

よ　やま　なる・なり

94 みよしのの**やま**のあき**かせ**さ**よふけ**てふるさとさむくころもうつ**なり**　参議雅経

やま　かせ　ふけ

58　ありまやまゐなのささはらかせふけはいてそよひとをわすれやはする　大弐三位
はら

27　みかのはらわきてなかるるいつみかはいつみきとてかこひしかるらむ　中納言兼輔
なか（るる）・なか（れ）　かは

32　やまかはにかせのかけたるしからみはなかれもあへぬもみちなりけり　春道列樹
あ（へ）・あ（は）

19　なにはかたみしかきあしのふしのまもあはてこのよをすくしてよとや　伊勢
あは・あふ　よ

62　よをこめてとりのそらねははかるともよにあふさかのせきはゆるさし　清少納言
あふさか

25　なにしおははあふさかやまのさねかつらひとにしられてくるよしもかな　三条右大臣
くる・こ　（も）かな・かな

21　いまこむといひしはかりになかつきのありあけのつきをまちいてつるかな　素性法師
つき　かな

59　やすらはてねなましものをさよふけてかたふくまてのつきをみしかな　赤染衛門
かた（ふく）・かた　つき

81　ほとときすなきつるかたをなかむれはたたありあけのつきそのこれる　後徳大寺左大臣
つき

23　つきみれはちちにものこそかなしけれわかみひとつのあきにはあらねと　大江千里
み　ひと（つ）・ひと

97　こぬひとをまつほのうらのゆふなきにやくやもしほのみもこかれつつ　権中納言定家
ひと

18　すみのえのきしによるなみよるさへやゆめのかよひちひとめよくらむ　藤原敏行朝臣
え　よる・よ　ひと

88　なにはえのあしのかりねのひとよゆゑみをつくしてやこひわたるへき　皇嘉門院別当
ひと　み

44　あふことのたえてしなくはなかなかにひとをもみをもうらみさらまし　中納言朝忠
あふ・あは

77　せをはやみいはにせかるるたきかはのわれてもすゑにあはむとそおもふ　崇徳院
かは

98　かせそよくならのをかはのゆふくれはみそきそなつのしるしなりける　従二位家隆
かせ　ゆふ

71　ゆふされはかとたのいなはおとつれてあしのまろやにあきかせそふく　大納言経信
おと・こゑ

5　おくやまにもみちふみわけなくしかのこゑきくときそあきはかなしき　猿丸大夫
きく・きか

17　ちはやふるかみよもきかすたつたかはからくれなゐにみつくくるとは　在原業平朝臣

たつたかは・たつたのかは

69　あらしふくみむろのやまのもみちははたつたのかはのにしきなりけり　能因法師

かは

64　あさほらけうちのかはきりたえたえにあらはれわたるせせのあしろき　権中納言定頼

たえ（たえに）・たえ

55　たきのおとはたえてひさしくなりぬれとなこそなかれてなほきこえけれ　大納言公任

なりぬれ・なりぬ

45　あはれともいふへきひとはおもほえてみのいたつらになりぬへきかな　謙徳公

かな

57　めくりあひてみしやそれともわかぬまにくもかくれにしよはのつきかな　紫式部

くも　よ　つき

36　なつのよはまたよひなからあけぬるをくものいつこにつきやとるらむ　清原深養父

やと（る）・やと

47　やへむくらしけれるやとのさひしきにひとこそみえねあきはきにけり　恵慶法師

むくら・させも　さひしき・あはれ

75　ちきりおきしさせもかつゆをいのちにてあはれことしのあきもいぬめり　藤原基俊

あはれ・さひしさ

70 さひしさにやとをたちいてなかむれはいつこもおなしあきのゆふくれ　良暹法師
たち　あきのゆふくれ

87 むらさめのつゆもまたひぬまきのはにきりたちのほるあきのゆふくれ　寂蓮法師
つゆ

37 しらつゆにかせのふきしくあきののはつらぬきとめぬたまそちりける　文屋朝康
かせ　ふき・ふく

22 ふくからにあきのくさきのしをるれはむへやまかせをあらしといふらむ　文屋康秀
ふく・ふき　かせ

12 あまつかせくものかよひちふきとちよをとめのすかたしはしとゝめむ　僧正遍昭
かせ　くも

79 あきかせにたなひくくものたえまよりもれいつるつきのかけのさやけさ　左京大夫顕輔
たえ

63 いまはたたおもひたえなむとはかりをひとつてならていふよしもかな　左京大夫道雅
たえ　ひと　(も) かな・かな

46 ゆらのとをわたるふなひとかちをたえゆくへもしらぬこひのみちかな　曾禰好忠
ひと

74 うかりけるひとをはつせのやまおろしよはけしかれとはいのらぬものを　源俊頼朝臣
ひと　やま　やま・みね

26　をくらやまみねのもみちはこころあらはいまひとたひのみゆきまたなむ　貞信公

やま　みね・やま　もみち　たひ

24　このたひはぬさもとりあへすたむけやまもみちのにしきかみのまにまに　菅家

最後突き当たりの二首の中に「をぐら（小倉）」「もみぢ（紅葉）」と出てくる。定家は、小倉山に山荘を持っていた。紅葉の盛りの頃は息をのむほどの美しい所となる。この二首を並べて（P97参照）作者名を見る。右側は菅家であり、左側は貞信公となる。

菅家とは、菅原道真公（讒言によって大宰府に流された賢臣）である。貞信公とは、藤原忠平のことで関白藤原基経の四男であり、藤原氏全盛期の基礎を築いた定家の先祖にあたる。

漢字を抜き出すなら、　菅家→家　貞信公→貞＝定　で「定家」となる。

24　このたびは幣もとりあへず手向け山もみぢの錦神のまにまに　菅家

〈歌意〉このたびの旅は、（にわかな行幸のお供で）とても幣など用意する間もなくやって来た。この手向山に（幣の代わりに）散り乱れる紅葉を神よ、み心のままに（受け取られよ）。

26　小倉山峰のもみぢば心あらばいまひとたびのみゆき待たなむ　貞信公

〈歌意〉小倉山の峰のもみじ葉よ。（もしおまえに物を感じる）心があるなら、もう一度天皇の（お出かけがあるはずだから）（その時まで散らないで）おいでを待っていてほしい。

「いまひとたびのみゆき待たなむ」「いまひとたびのみゆき待たなむ」「いまひとたびのみゆき待たなむ」この下の句が繰り返し心の中に響きわたる。

亀菊も同じ思いか。袖で顔を隠してウウッと声を上げ肩を震わせた。

この部分に定家の思いが隠されていた。

しばし、沈黙の時が流れた。

ひと時ほど経った。

院は、全体をもう一度よくご覧になられて、定家の立ち位置を表す歌に気づかれた。南の部分の右肩にある一首である。（P112参照）

わが庵は都のたつみしかぞすむ世をうぢ山と人はいふなり

歌の中の「わが庵」「都のたつみ」に定家の姿が現れる。朕は今隠岐にいる。それゆえ、隠岐が都となる。定家のある所は、隠岐から、たつみ（東南）の方角となる。

そして、この歌の反対側北西の方角に御目を転じなさるとやはり、隠岐の都が入っていた。北の部分の左側真ん中にある次の歌である。

心あてに折らばや折らむ初霜のおきまどはせる白菊の花

下の句は　おきまどはせる白菊の花。

「おき」は隠岐の院「菊」は亀菊を表しているのか。

「隠岐の院を惑わせる菊とな。亀菊、そなたの事じゃ。ハハハハ。定家よ。しかと受け留めたぞ。この文を作るに定家はどれほどの時と労力をかけたのであろうか。菊、朕も定家に歌を返さなくてはなるまいな。阿奴に負けぬものを作りたいものじゃ」

定家の百首は、そもそも半分程が秋の歌であった。それ故、季節がきれいに分かれていないという欠点があった。それを解消したいもの。朕が島に来てから詠みためていた歌に、新たに詠む歌をとり混ぜる。とりあえず、なるべく季節を詠み込んだ歌を百首集めることから始めてみよう。

定家のお陰で体の内から気力が生じてきた。

そうだ。朕には歌があるではないか。

院のお顔は久しぶりに王者の威風に満ちていた。

定家の思いは海を越えて帝に伝わったのである。

百人一首（定家より院へ）

源重之　かせをいたみいはうつなみのおのれのみくたけてものをおもふころかな
権中納言敦忠　あひみてののちのこころにくらふれはむかしはものをおもはさりけり
待賢門院堀河　なかからむこころもしらすくろかみのみたれてけさはものをこそおもへ
右近　わすらるるみをはおもはすちかひてしひとのいのちのをしくもあるかな
儀同三司母　わすれしのゆくすゑまてはかたけれはけふをかきりのいのちともかな
式子内親王　たまのをよたえなはたえねなからへはしのふることのよわりもそする
藤原義孝　きみかためをしからさりしいのちさへなかくもかなとおもひけるかな
光孝天皇　きみかためはるののにいててわかなつむわかころもてにゆきはふりつつ
山部赤人　たこのうらにうちいててみれはしろたへのふしのたかねにゆきはふりつつ
坂上是則　あさほらけありあけのつきとみるまてによしののさとにふれるしらゆき

源宗干朝臣　やまさとはふゆそさひしさまさりけるひとめもくさもかれぬとおもへは
和泉式部　あらさらむこのよのほかのおもひてにいまひとたひのあふこともかな
大中臣能宣朝臣　みかきもりゑしのたくひのよるはもえひるはきえつつものをこそおもへ
西行法師　なけけとてつきやはものをおもはするかこちかほなるわかなみたかな
道因法師　おもひわひさてもいのちはあるものをうきにたへぬはなみたなりけり
藤原清輔朝臣　なからへはまたこのころやしのはれむうしとみしよそいまはこひしき
平兼盛　しのふれといろにいてにけりわかこひはものやおもふとひとのとふまて
入道前太政大臣　はなさそふあらしのにはのゆきならてふりゆくものはわかみなりけり
小野小町　はなのいろはうつりにけりないたつらにわかみよにふるなかめせしまに
中納言家持　かささきのわたせるはしにおくしものしろきをみれはよそふけにける

参議篁　わたのはらやそしまかけてこきいてぬとひとにはつけよあまのつりふね
鎌倉右大臣　よのなかはつねにもかもななきさこくあまのをふねのつなてかなしも
後鳥羽院　ひともをしひともうらめしあちきなくよをおもふゆゑにものおもふみは
前大僧正慈円　おほけなくうきよのたみにおほふかなわかたつそまにすみそめのそて
壬生忠見　こひすてふわかなはまたきたちにけりひとしれすこそおもひそめしか
河原左大臣　みちのくのしのふもちすりたれゆゑにみたれそめにしわれならなくに
参議等　あさちふのをののしのはらしのふれとあまりてなとかひとのこひしき
順徳院　ももしきやふるきのきはのしのふにもなほあまりあるむかしなりけり
伊勢大輔　いにしへのならのみやこのやへさくらけふここのへににほひぬるかな
凡河内躬恒　こころあてにをらはやをらむはつしものおきまとはせるしらきくのはな

法性寺入道前関白太政大臣　わたのはらこきいててみれはひさかたのくもゐにまかふおきつしらなみ
殷富門院大輔　みせはやなをしまのあまのそてたにもぬれにそぬれしいろはかはらす
相模　うらみわひほさぬそてたにあるものをこひにくちなむなこそをしけれ
周防内侍　はるのよのゆめはかりなるたまくらにかひなくたたむなこそをしけれ
前中納言匡房　たかさこのをのへのさくらさきにけりとやまのかすみたたすもあらなむ
藤原興風　たれをかもしるひとにせむたかさこのまつもむかしのともならなくに
藤原実方朝臣　かくとたにえやはいふきのさしもくささしもしらしなもゆるおもひを
紀貫之　ひとはいさこころもしらすふるさとははなそむかしのかににほひける
紀友則　ひさかたのひかりのとけきはるのひにしつこころなくはなのちるらむ
後京極摂政前太政大臣　きりきりすなくやしもよのさむしろにころもかたしきひとりかもねむ

二条院讃岐　わかそてはしほひにみえぬおきのいしのひとこそしらねかわくまもなし
祐子内親王家紀伊　おとにきくたかしのはまのあたなみはかけしやそてのぬれもこそすれ
清原元輔　ちきりきなかたみにそてをしほりつつすゑのまつやまなみこさしとは
中納言行平　たちわかれいなはのやまのみねにおふるまつとしきかはいまかへりこむ
小式部内侍　おほえやまいくののみちのとほけれはまたふみもみすあまのはしたて
前大僧正行尊　もろともにあはれとおもへやまさくらはなよりほかにしるひともなし
俊恵法師　よもすからものおもふころはあけやらてねやのひまさへつれなかりけり
藤原道信朝臣　あけぬれはくるるものとはしりなからなほうらめしきあさほらけかな
右大将道綱母　なけきつつひとりぬるよのあくるまはいかにひさしきものとかはしる
柿本人麻呂　あしひきのやまとりのをのしたりをのなかなかしよをひとりかもねむ

喜撰法師　わかいほはみやこのたつみしかそすむよをうちやまとひとはいふなり
天智天皇　あきのたのかりほのいほのとまをあらみわかころもてはつゆにぬれつつ
持統天皇　はるすきてなつきにけらししろたへのころもほすてふあまのかくやま
安倍仲麿　あまのはらふりさけみれはかすかなるみかさのやまにいてしつきかも
陽成院　つくはねのみねよりおつるみなのかはこひそつもりてふちとなりぬる
元良親王　わひぬれはいまはたおなしなにはなるみをつくしてもあはむとそおもふ
源兼昌　あはちしまかよふちとりのなくこゑにいくよねさめぬすまのせきもり
蝉丸　これやこのゆくもかへるもわかれてはしるもしらぬもあふさかのせき
壬生忠岑　ありあけのつれなくみえしわかれよりあかつきはかりうきものはなし
三条院　こころにもあらてうきよになからへはこひしかるへきよはのつきかな

皇太后宮大夫俊成　よのなかよみちこそなけれおもひいるやまのおくにもしかそなくなる
参議雅経　みよしののやまのあきかせさよふけてふるさとさむくころもうつなり
大弐三位　ありまやまゐなのささはらかせふけはいてそよひとをわすれやはする
中納言兼輔　みかのはらわきてなかるるいつみかはいつみきとてかこひしかるらむ
春道列樹　やまかはにかせのかけたるしからみはなかれもあへぬもみちなりけり
伊勢　なにはかたみしかきあしのふしのまもあはてこのよをすくしてよとや
清少納言　よをこめてとりのそらねははかるともよにあふさかのせきはゆるさし
三条右大臣　なにしおははあふさかやまのさねかつらひとにしられてくるよしもかな
素性法師　いまこむといひしはかりになかつきのありあけのつきをまちいてつるかな
赤染衛門　やすらはてねなましものをさよふけてかたふくまてのつきをみしかな

猿丸大夫　おくやまにもみちふみわけなくしかのこゑきくときそあきはかなしき
大納言経信　ゆふされはかとたのいなはおとつれてあしのまろやにあきかせそふく
従二位家隆　かせそよくならのをかはのゆふくれはみそきそなつのしるしなりける
崇徳院　せをはやみいはにせかるるたきかはのわれてもすゑにあはむとそおもふ
中納言朝忠　あふことのたえてしなくはなかなかにひとをもみをもうらみさらまし
皇嘉門院別当　なにはえのあしのかりねのひとよゆゑみをつくしてやこひわたるへき
藤原敏行朝臣　すみのえのきしによるなみよるさへやゆめのかよひちひとめよくらむ
権中納言定家　こぬひとをまつほのうらのゆふなきにやくやもしほのみもこかれつつ
大江千里　つきみれはちちにものこそかなしけれわかみひとつのあきにはあらねと
後徳大寺左大臣　ほとときすなきつるかたをなかむれはたたありあけのつきそのこれる

在原業平朝臣　ちはやふるかみよもきかすたつたかはからくれなゐにみつくくるとは
能因法師　あらしふくみむろのやまのもみちはたつたのかはのにしきなりけり
権中納言定頼　あさほらけうちのかはきりたえたえにあらはれわたるせせのあしろき
大納言公任　たきのおとはたえてひさしくなりぬれとなこそなかれてなほきこえけれ
謙徳公　あはれともいふへきひとはおもほえてみのいたつらになりぬへきかな
紫式部　めくりあひてみしやそれともわかぬまにくもかくれにしよはのつきかな
清原深養父　なつのよはまたよひなからあけぬるをくものいつこにつきやとるらむ
恵慶法師　やへむくらしけれるやとのさひしきにひとこそみえねあきはきにけり
藤原基俊　ちきりおきしさせもかつゆをいのちにてあはれことしのあきもいぬめり
良暹法師　さひしさにやとをたちいててなかむれはいつこもおなしあきのゆふくれ

菅家　このたひはぬさもとりあへすたむけやまもみちのにしきかみのまにまに
貞信公　をくらやまみねのもみちはこころあらはいまひとたひのみゆきまたなむ
源俊頼朝臣　うかりけるひとをはつせのやまおろしよはけしかれとはいのらぬものを
曾禰好忠　ゆらのとをわたるふなひとかちをたえゆくへもしらぬこひのみちかな
左京大夫道雅　いまはたたおもひたえなむとはかりをひとつてならていふよしもかな
左京大夫顕輔　あきかせにたなひくくものたえまよりもれいつるつきのかけのさやけさ
僧正遍昭　あまつかせくものかよひちふきとちよをとめのすかたしはしととめむ
文屋康秀　ふくからにあきのくさきのしをるれはむへやまかせをあらしといふらむ
文屋朝康　しらつゆにかせのふきしくあきののはつらぬきとめぬたまそちりける
寂蓮法師　むらさめのつゆもまたひぬまきのはにきりたちのほるあきのゆふくれ

あくる日から、院は、亀菊とともに定家への返し文を作ることを早速始められた。それから幾日も、幾日も、朝早くから夜遅くまで、終日に及ぶことも多々あった。

院の御様子を垣間見た義綱は、とりあえずまあ、院がご退屈遊ばさず夢中になられるものがおありであることには安堵致した。が、終日こもっての歌へ向けるあれほどの情熱が、どうにも解せない。やはり、俺らとは異なる雲上人なり。歌とは、あれほど人の心を惹きつけるものなのか。酒よりも良いものなのか。俺らには、わかり申さぬという思いを一層強くしていた。夕べになると、大好物のソラマメを肴に酒を飲みながら「所詮、俺らが熱中するは、酒、都の女、牛突きぐらいぞ」とおそばの家来衆に自嘲気味に叫ぶ。はーっはっは周りの家来衆は、どっと笑う。その後、義綱は誰にともなく呟くように言った。

「そげだ。次の牛突き祭りの突き牛どもが決まったら、早めに俺にどんな牛が選ばれたか報告致すようにな。帝が大層楽しみにされているけん。亀菊様もな」

島で牧牛の闘う様を偶々ご覧になられておもしろがられた後鳥羽院の為に、義綱は牛突き祭りを地元の恒例行事にして年に二、三回催していた。島の内外から飛び切りの元気の良い雄牛を集めさせる。それぞれの牛の成育歴なども調べさせ、名前までつけさせる。その詳細を島中に触れさせる。祭りの日までには、島民はみな、わがひいきの牛を決めていた。

いよいよ祭り当日、天覧のもと、栄誉ある選ばれし牛達は角と角を突き合わせて巨体を突進させる。バシッバシッと勇壮そのものの迫真の闘いが目の前で演じられる。どちらかの牛が疲れ果て、戦意を失い、その場を離れると、その牛の負けが決まった。当の牛達だけでなく、ひいきの牛を応援する島の衆もまた、熱くなって勝敗を競った。その日は、朝どれの魚や貝・海藻などがおなご衆の手でその場で料理され、酒とともに村上家から振舞われた。島全体に晴れやかで力強い歓声が響き渡り、笑顔がそこかしこに満ち満ちた。牛突き祭りは島一番の祭りであり、交流の場といえた。

また、都に置かれていた御番鍛冶結番を隠岐にも内々に置くことにした。院は御自らも刀をお作りになられたりすることを義綱は知ったので、都から以前召し抱えられていた御番鍛冶を呼び寄せ彼等の屋敷を島に用意するなどして院の御意に叶うようにした。また、歌を詠むのに必要な高級和紙や墨や硯なども名産地からわざわざ取り寄せた。これらのことは、村上氏にかなりの財力が無ければできないことでもあった。

9　院の返信

天福元年（一二三三）十月。後鳥羽院京の都ご不在から十二年が経過した。年月を経るのも本当にあっという間だ。定家は七十二歳になった。

定家の新しい癖は、頭を両掌で猿のように撫でることである。家人がいつ見ても定家の手は頭の方へ行っていた。普段は気にも留めなかった頭の毛も無くなったら無くなったで逆に、その存在を感じてしまう。頭が妙に寒くてたまらなかった。

定家は出家した。娘達の出家をきっかけとした。法名は明静（みょうじょう）。出家見舞いの客人がひっきりなしに屋敷の門をたたくが、なにかと理由をつけて会わなかった。

十二日、てんはる。まらうどのあつまりこぞる（客人がいろいろ来たが）。さらに物まうで（詣で）のよしをいひて、かど（門）をあけず。いんゑんほうゐん（印円法印）、兵部卿（成実）、左京権大夫（信実）、かどにきてとはる。みなあはず。

十三日、てんはる。ゆきよしのあそん（行能朝臣）、なりまさ（済政）、ながみつ（永光）又きてとぶらふ。かしらさむくてえあはず。（「明月記」より）

出家して初めて応対したのは、十二月二十七日になってからで、客人は歌仲間の源家長であった。それも遠所から帰ってきたというので会うことにしたのだった。

京極邸に遠島よりの便りを持って客人が訪れるのは、これで二度目であった。

一度目は、今から七年前である。院が遷幸されて五年目、都へ一旦戻ってきた内蔵権頭(くらのごんのかみ)清範(きよのり)であった。清範は、院遷幸の際の数少ないお供の一人であった。院の密命を帯び、都の様子を探りに、老母の病気見舞いと称して渡航を許され、帰ってきた由であった。定家にも、われらは路で偶然出会ったことにしてほしいと、のっけから断ってきた。

その当時は、二年前の北条義時の死、前年の北条政子の死を受け、都では、上皇様や皇子様のご還幸そろそろありやと嬉しい噂でもちきりであった。都人達は、天子様達を恐れ多くも辺地へ流した東人の鬼の所業を決して忘れずにいて、彼等の死にご還幸の望みを抱いたのだった。

清範は、半年間都に滞在し、諸方に出向いては旧知の人に会うなどして縁故を頼り様子をうかがった。定家は昔の歌仲間であるので京極邸へも内々の訪問をしたのであった。が、都滞在中、何ら還幸の確信に触れるものはなく、「宮中がなにも動いていない、関東へ何も働きかけていない」ことを清範は知った。彼は、悄然と都を去ったと人伝えに定家は聞いた。この時の清範の思いは如何なるものだったろうか。察するに余りあるものがある。

あれから七年の歳月が流れ、また再び、隠岐よりの使者であった。家長は、後鳥羽院のおわする隠岐の島に参り、その際、院からお預かりした御文を携えて帰っていた。屋敷の中に通されて挨拶を済ますや、すぐに、おもむろに取り出した。それは、白色の薄い高級な和紙に大事そうに包まれていた。

定家は、それを押し頂いて拝受した。

それからは、円座を敷いて向かい合い、専ら、定家が聞き役にまわり、家長が話す役であった。隠岐の島の様子、後鳥羽院のお暮らしぶり、都への還幸を心待ちにしておられること、などなど……。このたびの定家の出家に驚かれ、ひどく惜しまれ「たとえ定家に出家の志があろうともたちまちに許可が出たのは如何なるものか」と仰せられたことなどなど。定家は、このところ涙もろくなっていたので、あまりの感激に泣き出しそうになった。

その日二人は夜が深まるまで、干し魚や梅漬を肴に酒をグビグビと飲みながら、久しぶりに語り明かした。話が尽きることはなかった。歌で結ばれている友情をあらためてかみしめた一夜であった。家長が帰った後も、定家はいつまでも起きていた。床に入ってからもなかなか寝つけなかった。

明くる朝、まだ慣れていない墨染の衣を着た定家は、院より賜った御文を大切そうに文箱から取り出した。夕べ、家長が帰った後も中身を確かめてはいたが、再び開く時も胸が震え身がひきしまる思いがした。白い和紙の包みをゆっくりと開く。すると、薄紅色の和紙が出てきた。それをカサカサと開く。磯の香とともに、えもいわれぬ甘いやさしい香がフッと漂った。その香は昔、亀菊が、その身にまとっていた香を思い出させた。院が己に賜った文であるが、その御文が亀菊を思い出させた。亀菊は、あの島で院とともにいるのだ。定家は、はからずも、院を独り占めにしている亀菊に対して妬ましさを覚えた。

院からの御文(「遠島百首」)は、御製百首より成っていた。自然豊かな島での季節ごとのお暮らしぶりやご心情が平淡なおことばで、飾らず率直に詠まれていた。一首毎に、遠い地の院を間近に感じることができた。隠岐の海の波音が風の声が響いてきた。院のお嘆きのお声がすぐそばで聞こえてきそうだった。歌集全体に流れる深い憂愁に胸をつかれる思いがした。定家は、これが、先に己が献じた文の返しになっていることを確信していた。

「遠島百首」

春二十首

1 かすみゆくたかねをいづる朝日かげさすがにはるのいろをみるかな
2 すみぞめのそでのこほりに春たちてありしにもあらぬながめをぞする
3 とけにけりもみぢをとぢし山河のまたみづくゝるはるのくれなゐ
4 もゝちどりさへづるそらはかはらねどわが身のはるぞあらたまりぬる
5 さと人のすそ野のゆきをふみ分(わけ)てたゞわがためとわか菜つむころ
6 ふる雪に野守のいほもあれはてゝわかなつまんとたれにとはまし
7 根芹つむ野沢の水のうすごほりまだうちとけぬはる風ぞふく
8 かぎりあればかきねの草も春にあひぬつれなきものは苔ふかきそで
9 春さめにやまだのくろをゆく賤(しづ)のみのふきかへすくれぞさびしき
10 とほやまぢいくへもかすめさらずとてをちかた人のとふもなければ
11 うらやましながき日かげの春にあひていせをのあまも袖やほすらむ
12 もえいづるみねのさわらび雪きえてをりすぎにけるはるぞしらるゝ
13 おのれのみおふるはるにもと思ふにもみねのさくらのいろぞものうき
14 ながむれば月やはありし月ならぬうき身ひとつぞもとのはるなき

15 はる雨もはなのとたえぞ袖にもるさくらつゞきのやまのしたみち
16 やどからむかたのゝみのゝかりごろも日もゆふ暮のはなのしたかげ
17 すみぞめのそでもあやなく匂ふかな花ふきみだるはるの夕かぜ
18 ちる花に瀬々のいはまやせかるらむさくらにいづるはるのやま河
19 ながむればいとゞうらみもますげおふる岡辺の小田をかへすゆふ暮
20 ものおもふにすぐる月日はしらねどもはるや暮ぬるきしの山ぶき

夏十五首

21 けふとてやおほみや人のかへつらむむかしがたりのなつごろもかな
22 ふるさとをしのぶの軒に風すぎてこけのたもとににほふたち花
23 たをやめのそでうちはらふむら雨にとるやさなへのこゑいそぐらむ
24 暮かゝるやまだのさなへあめすぎてとりあへずなくほとゝぎすかな
25 あやめふくかやがのきばに風すぎてしどろにおつるむらさめのつゆ
26 いまはとてそむきはてぬる世中（よのなか）になにとかたらふやまほとゝぎす
27 五月雨にいけのみぎはやまさるらむはすのうき葉をこゆるしら浪
28 さみだれにみやぎもいまやくだすらんまきたつ峯にかゝるむらくも
29 難波江やあまのたく縄たきわびてけぶりかゞめる五月雨のころ
30 あはれにもほのかにたゝく水鶏（くひな）かな老のねざめのあかつきのそら
31 ゆふだちのはれゆくそらの雲まよりいり日すゞしきつゆの玉篠（ざさ）

32 夕すゞみあしの葉みだれよる浪にほたるかずそふあまのいさり火
33 したくゆるむかひのもりのかやり火におもひもえそひゆくほたるかな
34 くれたけの葉ずゑかたよりふる雨にあつさひまあるみな月のころ
35 見るからにかたへすゞしきなつ衣日もゆふ暮のやまとなでしこ

秋二十首

36 かたしきのこけのころものうすければあさけのかぜもそでにたまらず
37 よのつねの草葉の露にしほれつゝものおもふ秋と誰かいひけむ
38 秋さればいとゞおもひをましばかるこの里人もそでやつゆけき
39 おもひやれましばのとぼそおしあけてひとりながむるあきのゆふべを
40 咲かゝるやましたみちもまよふまでたまぬきみだるはぎのあさ露
41 ふるさとをわかれぢにおふる葛の葉のかぜはふけどもかへる世もなし
42 いかにせむ葛はふ松のときのまもうらみてふかぬあき風ぞなき
43 なきまさるわがなみだにや色かはるものおもふやどの庭のむらはぎ
44 いたづらにみやこへだつる月日とや猶あきかぜのおとぞみにしむ
45 おもひやれいとゞなみだもふる里のあれたるにはのあきのしら露
46 ふるさとのひとむらすゝきいかばかりしげきのはらとむしのなくらむ
47 野をそむるかりのなみだは色もなしものおもふ露のおきの里には
48 あはれなりたがつらとてかはつかりのねざめの床になみだそふらむ

49 はれよかしうき名をわれにわぎもこがかつらぎやまのみねのあさぎり
50 岡のべの木のまにみゆる槇の戸にたえ〴〵かゝるつたのあきかぜ
51 おなじくはきりの落葉もちりしくなはらふひとなき秋のまがきに
52 ぬれてほすやま路のきくもあるものをこけのたもとはかはくまぞなき
53 たのめこし人のこゝろはあきふけてよもぎが杣(そま)にうづらなくこゑ
54 やまもとのさとのしるべのうすもみぢよそにもをしき夕あらしかな
55 夜もすがらなくや浅茅のきり〴〵すはかなく暮(くる)るあきをうらみて

冬十五首

56 見し世にもあらぬたもとをあはれとやおのれしほれてとふしぐれ哉
57 冬くればにはのよもぎも霜がれてくち葉のうへに月ぞさびゆく
58 しもがれの尾ばなふみ分ゆくしかのこゑこそきかねあとはみえけり
59 かみな月しぐれとびわけゆくかりのつばさふきほすみねの木がらし
60 おのづからとひがほなりし荻の葉もかれ〴〵にふく風のさむけさ
61 こぞよりは庭のもみぢのふかきかななみだやいとゞしぐれそふらむ
62 そめのこしうらみし山もほどもなくまたしもがれの風おろすかな
63 たつた山まよふ木のはのゆかりとてゆふつけどりに木がらしのかぜ
64 散しけるにしきはこれもたえぬべしもみぢふみ分かへるやま人
65 冬ごもりさびしさおもふあさな〳〵つま木のみちをうづむしら雪

66 やまかぜのつもればやがてふきたてゝふれどたまらぬみねのしら雪
67 さながらやほとけにはなとをらせましきみの枝につもるしら雪
68 けさみればほとけのあかにつむ花もいづれなるらむゆきの埋木
69 おく山のふす猪（ゐ）のとこや荒（あれ）ぬべしかるもゝたえぬ雪のしるし木
70 かぞふればとしのくるゝはしらるれど雪かくほどのいとなみはなし

雑三十首

71 いにしへのちぎりもむなしすみよしやわがかたそぎの神とたのめど
72 おきわびぬきえなば消（きえ）ねつゆの命あらばあふよをまつとなけれど
73 とへかしなくものうへよりこしかりもひとりともなきうらになくねを
74 もしほやくあまのたく縄うちはへてくるしとだにもいふかたぞなき
75 かもめなく入江のしほのみつなへにあしのうは葉をあらふしら浪
76 なみまわけおきのみなとに行くふねのわれぞこがるゝたへぬ思ひに
77 しほかぜにこゝろもいとゞみだれ芦のほにいでてなけどとふ人もなし
78 さととほみきねがかぐらの音すみておのれもふくるまどのともしび
79 とはるゝもうれしくもなしこの海をわたらぬ人のなみのなさけは
80 ながき夜をなが〱あかす友とてやゆふつけどりのこゑぞまぢかき
81 あかつきのゆめをはかなみまどろめばいやはかなゝるまつかぜぞふく
82 とにかくにつらきはおきの島つどりうきをばおのが名にやこたへむ

83 すぎにけるとし月さへぞうらめしきいましもかゝるものおもふ身は

84 夕月夜いり江にしほやみちぬらむあしのうら葉にたづのもろごゑ

85 おきの海をひとりやきつる小夜千鳥なくねにまがふいそのまつかぜ

86 日にそひてしげりぞまさる青つゞらくる人なしのまきの板戸に

87 何となくむかしがたりに袖ぬれてひとりぬる夜もつらきかね哉

88 人ごゝろうしともいはじむかしよりくるまをくだくみちにたとへき

89 みほのうらの月とゝもにやいでぬらむおきのとやまにふくるかりがね

90 たとふべきむろのやしまも遠ければおもひのけぶりいかゞまがへむ

91 はれやらぬ身のうきぐもをいとふまにわがよの月のかげやふけぬる

92 うしとだにいは浪たかきよしのがはよしや世中おもひすてゝき

93 ことづてむみやこまでもしさそはればあなしのかぜにまがふむらくも

94 とにかくに人のこゝろもみえはてぬうきやのもりのかゞみなるらん

95 ふるさとのこけのいはゝしいかならむおのれあれてもこひわたるかな

96 おもふ人さてもこゝろやなぐさむとみやこどりだにあらばとはまし

97 われこそはにひじま守よ隠岐の海のあらきなみかぜ心してふけ

98 おなじ世にまたすみの江の月やみむけふこそよそのおきのしまもり

99 なびかずばまたもや神にたのむべきおもへばかなしわかのうらなみ

100 かぎりあればかやがのきばの月もみつしらぬは人のゆくすゑのそら

内容は、春二十首・夏十五首・秋二十首・冬十五首・雑三十首である。雑三十首を四季の中にそれぞれ入れてみることにした。雑三十首の中には季節がはっきりしているものもあれば、そうでないものもあった。四季に分け、五行説に則って配置できるはずだ。まず、一首ずつ、懐紙にかな書きした。そして、四つの季節とその他に分けた。季節ごとに上下左右につなぎことばで結んでいこうとした。この時、どこを起点とすべきか考えた。春・夏・秋・冬。時の流れを思わせた。

そうや。季節の流れや。それぞれの季節の始まりの歌は、四隅のどこかにすればどうやろ。そこから左まわりに中心に進む。それから、一つの季節の最終の歌（中心に来る歌）とつながることばを持ち、時の流れに沿う、次の季節の始まりの歌を探すんや。

春は、「そてのこほりにはるたちて」と立春の歌があるので、これを起点の歌とした。夏は、四月一日に宮中で行われる衣替えの行事の入る歌にした。秋。候補は、次の四首だ。

48　あはれなりたがつらとてかはつかりのねざめの床になみだそふらむ
38　あきされればいとゞおもひをましばかるこの里人もそでやつゆけき
39　おもひやれましばのとぼそおしあけてひとりながむるあきのゆふべを
36　かたしきのこけのころものうすければあさけのかぜもそでにたまらず

「おもひやれ」「あきされば（秋になったので）」どちらの歌にするか迷った。歌の前後の流れを見てみる。すると、やはり『おもいやれ』の歌であろうかと思えた。最後に冬。これもむずかしかった。

94	77	75	84	(85)	4	71	6	7	(2)
79	74	70	68	58	5	10	12	18	17
56	88	65	69	62	99	3	9	13	15
60	67	66	64	57	83	19	16	20	8
93	96	63	61	59	100	14	91	1	11
36	49	89	47	48	30	34	27	28	29
52	51	44	42	73	87	98	76	31	32
50	86	41	81	55	92	82	90	33	97
54	46	45	72	37	26	80	78	95	22
(39)	53	43	40	38	(21)	35	23	24	25

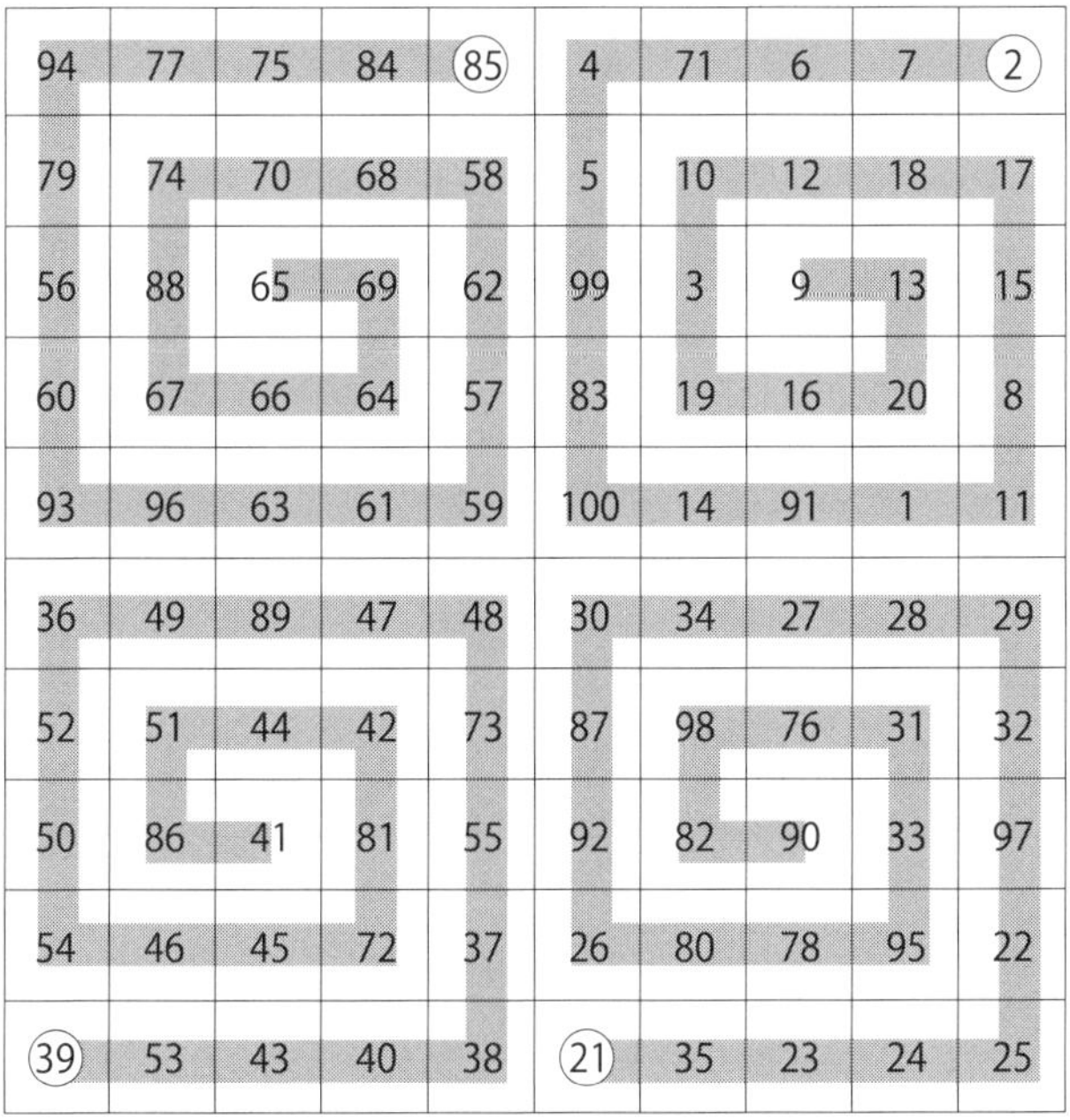

「遠島百首」を読む（番号は歌番号）

85 おきの海をひとりやきつる小夜千鳥なくねにまがふいそのまつかぜ

59 かみな月しぐれとびわけゆくかりのつばさふきほすみねの木がらし

93 ことづてむみやこまでもしさそはればあなしのかぜにまがふむらくも

94 とにかくにひとのこゝろもみえはてぬうきやのもりのかゞみなるらん

やはり、秋と同じように前後の歌の流れも見て、「おきの海を」とする。つまり、春と冬は右肩から夏と秋は左下から始めて、すべて左回りで各季節の終わりはそれぞれの季節の中心に位置する歌とした。季節の流れに沿って歌を並べることは思ったよりむずかしかった。歌を詠む者として自然の移ろいを正しく知らないことに改めて気づかされた。何回もやり直しを重ねて、半年余りかけて、ようやくつなぎあわせることができたのだった。

つながった「遠島百首」

すみそめのそてのこほり
にはるたちてありしにも
あらぬなかめをそする
こほり
すみそめのそて

ねせりつむのさはのみつ
のうすこほりまたうちと
けぬはるかせそふく
つむ・つま　の
さは・せ

ふるゆきにのもりのいほ
もあれはててわかなつま
んとたれにとはまし
わか
ゆき

いにしへのちきりもむな
しすみよしやわかかたそ
きのかみとたのめと
わか
かた

ももちとりさへつるそら
はかはらねとわかみのは
るそあらたまりぬる
ちとり
わか

おきのうみをひとりやき
つるさよちとりなくねに
まかふいそのまつかせ
よ　ね・こゑ
ね・こゑ

ゆふつくよいりえにしほ
やみちぬらむあしのうら
はにたつのもろこゑ
いりえ　しほ　みち・みつ　あし　は
らむ

かもめなくいりえのしほ
のみつなへにあしのうは
はをあらふしらなみ
なく・なけ　しほ　あし
しら　なみ

しほかせにこころもいと
とみたれあしのほにいて
てなけととふひともなし
こころ　ひと
しほ　なし・なき

とにかくにひとのこころ
もみえはてぬうきやのも
りのかかみなるらん
ひと　こころ・なさけ

すみそめのそてもあやな
くにほふかなはなふきみ
たるはるのゆふかせ
はな　はな・さくら
そて　はな　はな・さくら

ちるはなにせせのいはま
やせかるらむさくらにい
つるはるのやまかは
いつる　やま・みね
はな・さくら　さくら　やま・みね

もえいつるみねのさわら
ひゆききえてをりすきに
けるはるそしらるる
みね・やま
みね・やま

とほやまちいくへもかす
めさらすとてをちかたひ
とのとふもなけれは
ひと
やま

さとひとのすそののゆき
をふみわけてたたわかた
めとわかなつむころ
ふみわけ
わか

しもかれのをはなふみわ
けゆくしかのこゑこそき
かねあとはみえけり
はな　み(え)・み(れ)
しもかれ

けさみれはほとけのあか
につむはなもいつれなる
らむゆきのうもれき
ゆき
ゆき　き

かそふれはとしのくるる
はしらるれとゆきかくほ
とのいとなみはなし
なし・なき
しら　ゆき

もしほやくあまのたくな
はうちはへてくるしとた
にもいふかたそなき
なき・なし
くるし・うし　いふ・いは

とはるるもうれしくもな
しこのうみをわたらぬひ
とのなみのなさけは
とは・とふ

はるさめもはなのとたえ
そそてにもるさくらつつ
きのやまのしたみち
はな・さくら　さくら　やま・みね
そて

おのれのみおふるはるに
もとおもふにもみねのさ
くらのいろそものうき
みね・やま
おもふ　みね・やま　もの

はるさめにやまたのくろ
をゆくしつのみのふきか
へすくれそさひしき
やま　くれ
みの　くれ

とけにけりもみちをとち
しやまかはのまたみつく
くるはるのくれなゐ
また
くれ

なひかすはまたもやかみ
にたのむへきおもへはか
なしわかのうらなみ
また　うら
おもへ・おもふ　うら

そめのこしうらみしやま
もほともなくまたしもか
れのかせおろすかな
やま
しもかれ

おくやまのふすゐのとこ
やあれぬへしかるももた
えぬゆきのしるしき
ゆき　き
やま　へし　たえぬ

ふゆこもりさひしさおも
ふあさなあさなつまきの
みちをうつむしらゆき
みち
しらゆき

ひとこころうしともいは
しむかしよりくるまをく
たくみちにたとへき
むかし・みしよ
たとへ・さなから

みしよにもあらぬたもと
をあはれとやおのれしほ
れてとふしくれかな
おの　とふ・とひ

かきりあれはかきねのく
さもはるにあひぬつれな
きものはこけふかきそて
もの
はるにあひ　そて

ものおもふにすくるつき
ひはしらねともはるやく
れぬるきしのやまふき
ひ　くれ
ひ　やま・ね

やとからむかたののみの
のかりころもひもゆふく
れのはなのしたかけ
ゆふくれ
みの　かけ

なかむれはいとうらみ
もますけおふるをかへの
をたをかへすゆふくれ
うら
なかむれは

すきにけるとしつきさへ
そうらめしきいましもか
かるものおもふみは
つき
つき

ふゆくれはにはのよもき
もしもかれてくちはのう
へにつきそさひゆく
は・もみち
つき　ゆく

ちりしけるにしきはこれ
もたえぬへしもみちふみ
わけかへるやまひと
やま　やま・みね
もみち

やまかせのつもれはやか
てふきたててふれとたま
らぬみねのしらゆき
つもれ・つもる　しらゆき
やま　かせ　みね・やま

さなからやほとけにはな
とをらせましきみのえ
たにつもるしらゆき
から
まし

おのつからとひかほなり
しをきのはもかれかれに
ふくかせのさむけさ
かせ

うらやましなかきひかけ
のはるにあひていせをの
あまもそてやほすらむ
ひかけ
あま

かすみゆくたかねをいつ
るあさひかけさすかには
るのいろをみるかな
かけ
ね・みね

はれやらぬみのうきくも
をいとふまにわかよのつ
きのかけやふけぬる
み　うき　つき
うき

なかむれはつきやはあり
しつきならぬうきみひと
つそもとのはるなき
つき　あり・あれ　ひと
つき　あり・ある

かきりあれはかやかのき
はのつきもみつしらぬは
ひとのゆくすゑのそら
つき　ゆく
つき　そら

かみなつきしくれとひわ
けゆくかりのつはさふき
ほすみねのこからし
しくれ
かり

こそよりはにはのもみち
のふかきかなみたやい
としくれそふらむ
もみち・このは
なみた

たつたやまよふこのは
のゆかりとてゆふつけと
りにこからしのかせ
とり
やま

おもふひとさてもこころ
やなくさむとみやことり
たにあらはとはまし
みやこ
おもふひと・わきもこ

ことつてむみやこまても
しさそはれはあなしのか
せにまかふむらくも
かせ

あま

なにはえやあまのたくな
はたきわひてけふりかか
めるさみたれのころ

さみたれ

あま

ゆふすすみあしのはみた
れよるなみにほたるかす
そふあまのいさりひ

ゆふ　ひ

なみ

われこそはにひしまもり
よおきのうみのあらきな
みかせこころしてふけ

もり

かせ

ふるさとをしのふののき
にかせすきてこけのたも
とににほふたちはな

ふるさと　こけ

のき　かせすきて

あやめふくかやかのきは
にかせすきてしとろにお
つるむらさめのつゆ

すきて　むらさめ・あめ

ね・みね

さみたれにみやきもいま
やくたすらんまきたつみ
ねにかかるむらくも

さみたれ　らん・らむ

たつ・たち　くも

ゆふたちのはれゆくそら
のくもまよりいりひすす
しきつゆのたまささ

ゆく　ま

ゆく　ひ

したくゆるむかひのもり
のかやりひにおもひもえ
そひゆくほたるかな

おもひ

かな

ふるさとのこけのいはは
しいかならむおのれあれ
てもこひわたるかな

さと　おのれ

かな

くれかかるやまたのさな
へあめすきてとりあへす
なくほとときすかな

さなへ　あめ・むらさめ

うき

さみたれにいけのみきは
やまさるらむはすのうき
はをこゆるしらなみ

さみたれ・あめ　はす　は

なみ

なみまわけおきのみなと
にゆくふねのわれそこか
るるたへぬおもひに

おき

おもひ

たとふへきむろのやしま
もとほけれはおもひのけ
ふりいかかまかへむ

しま

とほ

さととほみきねかかくら
のおとすみておのれもふ
くるまとのともしひ

おと・こゑ

おと・こゑ

たをやめのそてうちはら
ふむらさめにとるやさな
へのこゑいそくらむ

たをやめ・やまとなてしこ

つき　あり・ある

くれたけのはすゑかたよ
りふるあめにあつさひま
あるみなつきのころ

つき

つき

おなしよにまたすみのえ
のつきやみむけふこそよ
そのおきのしまもり

よ

おき　しま

とにかくにつらきはおき
のしまつとりうきをはお
のかなにやこたへむ

つらき・うし　うき・うし

とり

なかきよをなかなかあか
すともとてやゆふつけと
りのこゑそまちかき

よ　とて

ゆふ

みるからにかたへすすし
きなつころもひもゆふく
れのやまとなてしこ

かた　なつころも

つき　そら

あはれにもほのかにたた
くくひなかなおいのねさ
めのあかつきのそら

あはれに・あはれなり　ねさめ

かな　ね・ぬる

なにとなくむかしかたり
にそてぬれてひとりぬる
よもつらきかねかな

なく　ひとり

よ　つらき・うし

うしとたにいはなみたか
きよしのかはよしやよの
なかおもひすててき

よ

よのなか

いまはとてそむきはてぬ
るよのなかになにとかた
らふやまほとときす

よ

とて　かた

けふとてやおほみやひと
のかへつらむむかしかた
りのなつころもかな

ひと

かり

あはれなりたかつらとて
かはつかりのねさめのと
こになみたそふらむ

かり　なみた

かり

とへかしなくものうへよ
りこしかりもひとりとも
なきうらになくねを

なき　うら

なく　うら

よもすからなくやあさち
のきりきりすはかなくく
るるあきをうらみて

はかな

よ　あさち・くさ

よのつねのくさはのつゆ
にしほれつつものおもふ
あきとたれかいひけむ

よ　つゆ

つゆ　おもふ・おもひ

あきされはいととおもひ
をましはかるこのさとひ
ともそてやつゆけき

つゆ

なみた

のをそむるかりのなみた
はいろもなしものおもふ
つゆのおきのさとには

かり・かりかね　おき

なし・なき

いかにせむくすはふまつ
のときのまもうらみてふ
かぬあきかせそなき

かせ

まつ　ふか・ふく　かせ

あかつきのゆめをはかな
みまとろめはいやはかな
なるまつかせそふく

かせ　ふく・ふけ

まつ

おきわひぬきえなはきえ
ねつゆのいのちあらはあ
ふよをまつとなけれと

つゆ

つゆ

さきかかるやましたみち
もまよふまてたまぬきみ
たるはきのあさつゆ

はき

やま

みほのうらのつきととも
にやいてぬらむおきのと
やまにふくるかりかね

やま　やま・みね

つき

いたつらにみやこへたつ
るつきひとやなほあきか
せのおとそみにしむ

ひと

かせ

ふるさとをわかれちにお
ふるくすのはのかせはふ
けともかへるよもなし

くす・つつら　なし

ふるさと

おもひやれいととなみた
もふるさとのあれたるに
はのあきのしらつゆ

ふるさと

おもひ・おもふ　なみた　には

なきまさるわかなみたに
やいろかはるものおもふ
やとのにはのむらはき

なき・なく

おもふひと・わきもこ

はれよかしうきなをわれ
にわきもこかかつらきや
まのみねのあさきり

あさ

きり

おなしくはきりのおちは
もちりしくなはらふひと
なきあきのまかきに

なき

ひとなき・ひとなし

ひにそひてしけりそまさ
るあをつつらくるひとな
しのまきのいたとに

まき　と

しけ　ひと

ふるさとのひとむらすす
きいかはかりしけきのは
らとむしのなくらむ

さと

ひと　なく

たのめこしひとのこころ
はあきふけてよもきかそ
まにうつらなくこゑ

ひと

かせ

かたしきのこけのころも
のうすけれはあさけのか
せもそてにたまらす

こけのころも・こけのたもと

ぬれてほすやまちのきく
もあるものをこけのたも
とはかはくまそなき

ま

をかのへのこのまにみゆ
るまきのとにたえたえか
かるつたのあきかせ

かせ・あらし

やまもとのさとのしるへ
のうすもみちよそにもを
しきゆふあらしかな

ゆふ

おもひやれましはのとほ
そおしあけてひとりなか
むるあきのゆふへを

注

1「さは」と「せ」

「さは」［沢］↓山あいの浅い川。谷川。渓流。

「せ」［瀬］↓川の浅瀬。

※「百人一首」には、対義語の「ふち」と「みを」が出ていた。

2「さみたれ」と「あめ」と「むらさめ」

「さみだれ」［五月雨］↓陰暦五月頃の長雨。梅雨。（季―夏）

「むらさめ」［村雨・叢雨］↓にわか雨。

3「つらし」と「うし」と「くるし」

「つらし」↓心苦しい。

「うし」［憂し］↓つらい。苦しい。

4「たをやめ」と「やまとなてしこ」

「たをやめ」［手弱女］↓しなやかで優しい女性。

「やまとなでしこ」［大和撫子］↓清楚な感じの女性にたとえる語。

5「かり」と「かりかね」「かりがね」↓「かり」［雁］の別名。

6「こけのころも」と「こけのたもと」

「こけのころも」［苔の衣］↓僧や世捨て人などの衣服。

「こけのたもと」［苔の袂］↓僧や世捨て人などの衣服。

7「くす」と「つつら」
「つづら」〔葛〕↓「くず（葛）」の別称。

8「こころ」と「なさけ」
「こころ」↓情け。思いやり。愛情。
「なさけ」↓思いやり。人情。情愛。

9「たとへ」と「さなから」
「さながら」↓まるで。あたかも。

10「おもふひと」と「わきもこ」
「おもふひと」↓愛する人。恋人。
「わぎもこ」〔吾妹子〕↓私のいとしい妻・恋人。

「遠島百首」を通して読む

（春）

2　すみそめのそてのこほりにはるたちてありしにもあらぬなかめをそする
こほり

7　ねせりつむのさはのみつのうすこほりまたうちとけぬはるかせそふく
つむ・つま　の

6　ふるゆきにのもりのいほもあれはててわかなつまんとたれにとはまし

71 いにしへのちきりもむなしすみよしやわかかたそきのかみとたのめと

わか

4 ももちとりさへつるそらはかはらねとわかみのはるそあらたまりぬる

わか

5 さとひとのすそののゆきをふみわけてたたわかためとわかなつむころ

わか

99 なひかすはまたもやかみにたのむへきおもへはかなしわかのうらなみ

おもへ・おもふ　うら（なみ）・うら（めしき）

83 すきにけるとしつきさへそうらめしきいましもかかるものおもふみは

つき

100 かきりあれはかやかのきはのつきもみつしらぬはひとのゆくすゑのそら

あれ・あり　つき　ひと・ひと（つ）

14 なかむれはつきやはありしつきならぬうきみひとつそもとのはるなき

つき　うき　み

91 はれやらぬみのうきくもをいとふまにわかよのつきのかけやふけぬる

かけ

1 かすみゆくたかねをいつるあさひかけさすかにはるのいろをみるかな

ひかけ

11 うらやましなかきひかけのはるにあひていせをのあまもそてやほすらむ

はるにあひ　そて

8 かきりあれはかきねのくさもはるにあひぬつれなきものはこけふかきそて

そて

15 はるさめもはなのとたえそそてにもるさくらつつきのやまのしたみち

はな　そて　さくら・はな

17 すみそめのそてもあやなくにほふかなはなふきみたるはるのゆふかせ

はな　はな・さくら

18 ちるはなにせせのいはまやせかるらむさくらにいつるはるのやまかは

いつる　やま・みね

12 もえいつるみねのさわらひゆききえてをりすきにけるはるそしらるる

みね・やま

10 とほやまちいくへもかすめさらすとてをちかたひとのとふもなけれは

やま

3 とけにけりもみちをとちしやまかはのまたみつくくるはるのくれなゐ

くれ（なゐ）・くれ

19 なかむれはいとうらみもますけおふるをかへのをたをかへすゆふくれ

ゆふくれ

16 やとからむかたのののみののかりころもひもゆふくれのはなのしたかけ

ひ　くれ

20 ものおもふにすくるつきひはしらねともはるやくれぬるきしのやまふき

もの　おもふ　やま・みね

13 おのれのみおふるはるにもとおもふにもみねのさくらのいろそものうき

みね・やま

9 はるさめにやまたのくろをゆくしつのみのふきかへすくれそさひしき

かへ（す）・かへ

（夏）

21 けふとてやおほみやひとのかへつらむむかしかたりのなつころもかな

かた（り）・かた（へ）　なつころも

35 みるからにかたへすすしきなつころもひもゆふくれのやまとなてしこ

やまとなてしこ・たをやめ

23 たをやめのそてうちはらふむらさめにとるやさなへのこゑいそくらむ

むらさめ・あめ　さなへ

24 くれかかるやまたのさなへあめすきてとりあへすなくほとときすかな

あめ・むらさめ　すきて

25　あやめふくかやかのきはにかせすきてしとろにおつるむらさめのつゆ
のき　かせすきて

22　ふるさとをしのふののきにかせすきてこけのたもとににほふたちはな
かせ

97　われこそはにひしまもりよおきのうみのあらきなみかせこころしてふけ
なみ

32　ゆふすすみあしのはみたれよるなみにほたるかすそふあまのいさりひ
あま

29　なにはえやあまのたくなはたきわひてけふりかかめるさみたれのころ
さみたれ

28　さみたれにみやきもいまやくたすらんまきたつみねにかかるむらくも
さみたれ　らん・らむ

27　さみたれにいけのみきはやまさるらむはすのうきはをこゆるしらなみ
さみたれ・あめ　はす・はす（ゑ）　は

34　くれたけのはすゑかたよりふるあめにあつさひまあるみなつきのころ
つき

30　あはれにもほのかにたたくひなかなおいのねさめのあかつきのそら
かな　ね・ぬる

87　なにとなくむかしかたりにそてぬれてひとりぬるよもつらきかねかな
よ　つらき・うし

92　うしとたにいはなみたかきよしのかはよしやよのなかおもひすててき
よのなか

26　いまはとてそむきはてぬるよのなかになにとかたらふやまほとときす
とて　よ

80　なかきよをなかなかあかすともとてやゆふつけとりのこゑそまちかき
こゑ・おと

78　さととほみきねかかくらのおとすみておのれもふくるまとのともしひ
さと　おのれ

95　ふるさとのこけのいははしいかならむおのれあれてもこひわたるかな
かな

33　したくゆるむかひのもりのかやりひにおもひもえそひゆくほたるかな
ひ　ゆく

31　ゆふたちのはれゆくそらのくもまよりいりひすすしきつゆのたまささ
ゆく　ま

76　なみまわけおきのみなとにゆくふねのわれそこかるるたへぬおもひに
おき

98 おなしよにまたすみのえのつきやみむけふこそよそのおきのしまもり
おき　しま

82 とにかくにつらきはおきのしまつとりうきをはおのかなにやこたへむ
しま

90 たとふへきむろのやしまもとほけれはおもひのけふりいかかまかへむ
おもひ

（秋）

39 おもひやれましはのとほそおしあけてひとりなかむるあきのゆふへを
ひと（り）・ひと

53 たのめこしひとのこころはあきふけてよもきかそまにうつらなくこゑ
なく・なき

43 なきまさるわかなみたにやいろかはるものおもふやとのにはのむらはき
はき

40 さきかかるやましたみちもまよふまてたまぬきみたるはきのあさつゆ
つゆ・つゆ（けき）

38 あきされはいととおもひをましはかるこのさとひともそてやつゆけき
おもひ・おもふ　つゆ（けき）・つゆ

37 よのつねのくさはのつゆにしほれつつものおもふあきとたれかいひけむ

よ　くさ・あさち

55 よもすからなくやあさちのきりきりすはかなくくるるあきをうらみて

なく　うら（み）・うら

73 とへかしなくものうへよりこしかりもひとりともなきうらになくねを

かり

48 あはれなりたかつらとてかはつかりのねさめのとこになみたそふらむ

かり　なみた

47 のをそむるかりのなみたはいろもなしものおもふつゆのおきのさとには

かり・かりかね　おき

89 みほのうらのつきとともにやいてぬらむおきのとやまにふくるかりかね

やま　やま・みね

49 はれよかしうきなをわれにわきもこかかつらきやまのみねのあさきり

あさ

36 かたしきのこけのころものうすけれはあさけのかせもそてにたまらす

こけのころも・こけのたもと

52 ぬれてほすやまちのきくもあるものをこけのたもとはかはくまそなき

ま

50 をかのへのこのまにみゆるまきのとにたえたえかかるつたのあきかせ

かせ・あらし

54 やまもとのさとのしるへのうすもみちよそにもをしきゆふあらしかな

さと

46 ふるさとのひとむらすすきいかはかりしけきのはらとむしのなくらむ

ふるさと

45 おもひやれいととなみたもふるさとのあれたるにはのあきのしらつゆ

つゆ

72 おきわひぬきえなはきえねつゆのいのちあらはあふよをまつとなけれと

まつ

81 あかつきのゆめをはかなみまとろめはいやはかななるまつかせそふく

まつ　かせ　ふく・ふか

42 いかにせむくすはふまつのときのまもうらみてふかぬあきかせそなき

かせ

44 いたつらにみやこへたつるつきひとやなほあきかせのおとそみにしむ

ひと

51 おなしくはきりのおちはもちりしくなはらふひとなきあきのまかきに

ひと　なき・なし

86 ひにそひてしけりそまさるあをつつらくるひとなしのまきのいたとに

つつら・くす　なし

41 ふるさとをわかれちにおふるくすのはのかせはふけともかへるよもなし

かせ

（冬）

85 おきのうみをひとりやきつるさよちとりなくねにまかふいそのまつかせ

よ　ね・こゑ

84 ゆふつくよいりえにしほやみちぬらむあしのうらはにたつのもろこゑ

いりえ　しほ　みち・みつ　あし　は

75 かもめなくいりえのしほのみつなへにあしのうははをあらふしらなみ

なく・なけ　しほ　あし

77 しほかせにこころもいととみたれあしのほにいててなけととふひともなし

こころ　ひと

94 とにかくにひとのこころもみえはてぬうきやのもりのかかみなるらん

ひと　こころ・なさけ

79 とはるるもうれしくもなしこのうみをわたらぬひとのなみのなさけは

とは・とふ

56 みしよにもあらぬたもとをあはれとやおのれしほれてとふしくれかな

おの（れ）・おの（つから）　とふ・とひ

60　おのつからとひかほなりしをきのはもかれかれにふくかせのさむけさ
かせ

93　ことつてむみやこまてもしさそはれはあなしのかせにまかふむらくも
みやこ

96　おもふひとさてもこころやなくさむとみやことりたにあらはとはまし
とり

63　たつたやままよふこのはのゆかりとてゆふつけとりにこからしのかせ
このは・もみち

61　こそよりはにはのもみちのふかきかななみたやいととしくれそふらむ
しくれ

59　かみなつきしくれとひわけゆくかりのつはさふきほすみねのこからし
つき　ゆく

57　ふゆくれはにはのよもきもしもかれてくちはのうへにつきそさひゆく
しもかれ

62　そめのこしうらみしやまもほともなくまたしもかれのかせおろすかな
しもかれ

58　しもかれのをはなふみわけゆくしかのこゑこそきかねあとはみえけり
はな　み（え）・み（れ）

68 けさみれはほとけのあかにつむはなもいつれなるらむゆきのうもれき

ゆき

70 かそふれはとしのくるるはしらるれとゆきかくほとのいとなみはなし

なし・なき

74 もしほやくあまのたくなはうちはへてくるしとたにもいふかたそなき

くるし・うし　いふ・いは

88 ひとこころうしともいはしむかしよりくるまをくたくみちにたとへき

たとへ・さなから

67 さなからやほとけにはなとをらせましきみのえたにつもるしらゆき

つもる・つもれ　しらゆき

66 やまかせのつもれはやかてふきたててふれとたまらぬみねのしらゆき

やま　みね・やま

64 ちりしけるにしきはこれもたえぬへしもみちふみわけかへるやまひと

たえぬ　へし　やま

69 おくやまのふすゐのとこやあれぬへしかるももたえぬゆきのしるしき

ゆき　き

65 ふゆこもりさひしさおもふあさなあさなつまきのみちをうつむしらゆき

それからは、つなぎあわせた百首全体を定家は終日じっと見つめていた。院に献上した百首の中に安徳天皇の御製を入れたと同じく、これにも歌が一首かくれていた。百人一首に入れた己の歌である。この歌の主なことばが院からの百首の中に散りばめられていた。

こぬひとをまつほのうらのゆふなきにやくやもしほのみもこかれつつ

また先に、百人一首の中に定家は右下二首に己の気持ちを表した。（P144参照）

このたびは幣もとりあへず手向山もみぢの錦神のまにまに

小倉山峰のもみぢば心あらばいまひとたびのみゆき待たなむ

これに対する返歌が、ここでは左上二首に入っていた。（P145参照）

しほかぜにこころもいとどみだれあしのほにいでてなけどとふひともなし

とにかくに人のこゝろもみえはてぬうきやのもりのかゞみなるらん

これら二首には、院の苦悩・絶望・恨み・怒りなどが直截に表されていた。掌を返したような世の人々の非情に対して、どれほどお怒りになりお嘆きになられていることだろう。

また、百人一首で隠岐に対して定家の立ち位置を都の「辰己（東南）」と表した歌の反対方角に「あなし（北西）」と辰己に対する院のお答えが見られた。次のようである。（P144・145参照）

百人一首

わが庵は都のたつみしかぞすむ世をうぢ山と人はいふなり

遠島百首

ことづてむみやこまでもしさそはればあなしのかぜにまがふむらくも

また、あと三組の贈答歌が見られた。
百人一首の一段目左から右へ三番目の歌。

君がため春の野にいでて若菜つむわが衣手に雪はふりつつ

この歌に対する返歌が遠島百首では一段目の右から左三番目にあった。

ふる雪に野守のいほもあれはて、わかなつまんとたれにとはまし百人一首の右下から三段上にある歌。

奥山にもみぢふみわけなく鹿の声聞くときぞ秋はかなしき

この返歌が遠島百首では左上から三段下に出ていた。

見し世にもあらぬたもとをあはれとやおのれしほれてとふしぐれ哉

とあり、なく＝しぐれ、かなし＝あはれと同（類）義のことばで呼応していた。

もう一組は、百人一首の左上から三段下の歌。

心あてに折らばや折らむ初霜のおきまどわせる白菊の花

この返歌が遠島百首では右下から三段上にあった。

われこそはにひじま守よ隠岐の海のあらきなみかぜ心してふけ

百人一首（定家より院へ）

源重之
かせをいたみいはうつな
みのおのれのみくたけて
ものをおもふころかな

権中納言敦忠
あひみてののちのこころ
にくらふれはむかしはも
のをおもはさりけり

待賢門院堀河
なかからむこころもしら
すくろかみのみたれてけ
さはものをこそおもへ

右近
わすらるるみをはおもは
すちかひてしひとのいの
ちのをしくもあるかな

儀同三司母
わすれしのゆくすゑまて
はかたけれはけふをかき
りのいのちともかな

式子内親王
たまのをよたえなはたえ
ねなからへはしのふるこ
とのよわりもそする

藤原義孝
きみかためをしからさり
しいのちさへなかくもか
なとおもひけるかな

光孝天皇
きみかためはるののにい
ててわかなつむわかころ
もてにゆきはふりつつ

山部赤人
たこのうらにうちいてて
みれはしろたへのふしの
たかねにゆきはふりつつ

坂上是則
あさほらけありあけのつ
きとみるまてによしのの
さとにふれるしらゆき

源宗于朝臣
やまさとはふゆそさひし
さまさりけるひとめもく
さもかれぬとおもへは

和泉式部
あらさらむこのよのほか
のおもひてにいまひとた
ひのあふこともかな

大中臣能宣朝臣
みかきもりゑしのたくひ
のよるはもえひるはきえ
つつものをこそおもへ

西行法師
なけけとてつきやはもの
をおもはするかこちかほ
なるわかなみたかな

道因法師
おもひわひさてもいのち
はあるものをうきにたへ
ぬはなみたなりけり

藤原清輔朝臣
なからへはまたこのころ
やしのはれむうしとみし
よそいまはこひしき

平兼盛
しのふれといろにいてに
けりわかこひはものやお
もふとひとのとふまて

入道前太政大臣
はなさそふあらしのには
のゆきならてふりゆくも
のはわかみなりけり

小野小町
はなのいろはうつりにけ
りないたつらにわかみよ
にふるなかめせしまに

中納言家持
かささきのわたせるはし
におくしものしろきをみ
れはよそふけにける

参議篁
わたのはらやそしまかけ
てこきいてぬとひとには
つけよあまのつりふね

鎌倉右大臣
よのなかはつねにもかも
ななきさこくあまのをふ
ねのつなてかなしも

後鳥羽院
ひともをしひともうらめ
しあちきなくよをおもふ
ゆゑにものおもふみは

前大僧正慈円
おほけなくうきよのたみ
におほふかなわかたつそ
まにすみそめのそて

壬生忠見
こひすてふわかなはまた
きたちにけりひとしれす
こそおもひそめしか

河原左大臣
みちのくのしのふもちす
りたれゆゑにみたれそめ
にしわれならなくに

参議等
あさちふのをののしのは
らしのふれとあまりてな
とかひとのこひしき

順徳院
ももしきやふるきのきは
のしのふにもなほあまり
あるむかしなりけり

伊勢大輔
いにしへのならのみやこ
のやへさくらけふここの
へににほひぬるかな

凡河内躬恒
こころあてにをらはやを
らむはつしものおきまと
はせるしらきくのはな

法性寺入道前関白太政大臣
わたのはらこきいててみ
れはひさかたのくもゐに
まかふおきつしらなみ

殷富門院大輔
みせはやなをしまのあま
のそてたにもぬれにそぬ
れしいろはかはらす

相模
うらみわひほさぬそてた
にあるものをこひにくち
なむなこそをしけれ

周防内侍
はるのよのゆめはかりな
るたまくらにかひなくた
たむなこそをしけれ

前中納言匡房
たかさこのをのへのさく
らさきにけりとやまのか
すみたたすもあらなむ

藤原興風
たれをかもしるひとにせ
むたかさこのまつもむか
しのともならなくに

藤原実方朝臣
かくとたにえやはいふき
のさしもくささしもしら
しなもゆるおもひを

紀貫之
ひとはいさこころもしら
すふるさとははなそむか
しのかににほひける

紀友則
ひさかたのひかりのとけ
きはるのひにしつこころ
なくはなのちるらむ

後京極摂政前太政大臣
きりきりすなくやしもよ
のさむしろにころもかた
しきひとりかもねむ

二条院讃岐
わかそてはしほひにみえ
ぬおきのいしのひとこそ
しらねかわくまもなし

祐子内親王家紀伊
おとにきくたかしのはま
のあたなみはかけしやそ
てのぬれもこそすれ

清原元輔
ちきりきなかたみにそて
をしほりつつすゑのまつ
やまなみこさしとは

中納言行平
たちわかれいなはのやま
のみねにおふるまつとし
きかはいまかへりこむ

小式部内侍
おほえやまいくののみち
のとほけれはまたふみも
みすあまのはしたて

前大僧正行尊
もろともにあはれとおも
へやまさくらはなよりほ
かにしるひともなし

俊恵法師
よもすからものおもふこ
ろはあけやらてねやのひ
まさへつれなかりけり

藤原道信朝臣
あけぬれはくるるものと
はしりなからなほうらめ
しきあさほらけかな

右大将道綱母
なけきつつひとりぬるよ
のあくるまはいかにひさ
しきものとかはしる

柿本人麻呂
あしひきのやまとりのを
のしたりをのなかなかし
よをひとりかもねむ

喜撰法師
わかいほはみやこのたつ
みしかそすむよをうちや
まとひとはいふなり

天智天皇
あきのたのかりほのいほ
のとまをあらみわかころ
もてはつゆにぬれつつ

持統天皇
はるすきてなつきにけら
ししろたへのころもほす
てふあまのかくやま

安倍仲麿
あまのはらふりさけみれ
はかすかなるみかさのや
まにいてしつきかも

陽成院
つくはねのみねよりおつ
るみなのかはこひそつも
りてふちとなりぬる

元良親王
わひぬれはいまはたおな
しなにはなるみをつくし
てもあはむとそおもふ

源兼昌
あはちしまかよふちとり
のなくこゑにいくよねさ
めぬすまのせきもり

蝉丸
これやこのゆくもかへる
もわかれてはしるもしら
ぬもあふさかのせき

壬生忠岑
ありあけのつれなくみえ
しわかれよりあかつきは
かりうきものはなし

三条院
こころにもあらてうきよ
になからへはこひしかる
へきよはのつきかな

皇太后宮大夫俊成
よのなかよみちこそなけ
れおもひいるやまのおく
にもしかそなくなる

参議雅経
みよしののやまのあきか
せさよふけてふるさとさ
むくころもうつなり

大弐三位
ありまやまゐなのささは
らかせふけはいてそよひ
とをわすれやはする

中納言兼輔
みかのはらわきてなかる
るいつみかはいつみきと
てかこひしかるらむ

春道列樹
やまかはにかせのかけた
るしからみはなかれもあ
へぬもみちなりけり

伊勢
なにはかたみしかきあし
のふしのまもあはてこの
よをすくしてよとや

清少納言
よをこめてとりのそらね
ははかるともよにあふさ
かのせきはゆるさし

三条右大臣
なにしおははあふさかや
まのさねかつらひとにし
られてくるよしもかな

素性法師
いまこむといひしはかり
になかつきのありあけの
つきをまちいてつるかな

赤染衛門
やすらはてねなましもの
をさよふけてかたふくま
てのつきをみしかな

猿丸大夫
おくやまにもみちふみわ
けなくしかのこゑきくと
きそあきはかなしき

大納言経信
ゆふされはかとたのいな
はおとつれてあしのまろ
やにあきかせそふく

従二位家隆
かせそよくならのをかは
のゆふくれはみそきそな
つのしるしなりける

崇徳院
せをはやみいはにせかる
るたきかはのわれてもす
ゑにあはむとそおもふ

中納言朝忠
あふことのたえてしなく
はなかなかにひとをもみ
をもうらみさらまし

皇嘉門院別当
なにはえのあしのかりね
のひとよゆゑみをつくし
てやこひわたるへき

藤原敏行朝臣
すみのえのきしによるな
みよるさへやゆめのかよ
ひちひとめよくらむ

権中納言定家
こぬひとをまつほのうら
のゆふなきにやくやもし
ほのみもこかれつつ

大江千里
つきみれはちちにものこ
そかなしけれわかみひと
つのあきにはあらねと

後徳大寺左大臣
ほとときすなきつるかた
をなかむれはたたありあ
けのつきそのこれる

在原業平朝臣
ちはやふるかみよもきか
すたつたかはからくれな
ゐにみつくくるとは

能因法師
あらしふくみむろのやま
のもみちはたつたのかは
のにしきなりけり

権中納言定頼
あさほらけうちのかはき
りたえたえにあらはれわ
たるせせのあしろき

大納言公任
たきのおとはたえてひさ
しくなりぬれとなこそな
かれてなほきこえけれ

謙徳公
あはれともいふへきひと
はおもほえてみのいたつ
らになりぬへきかな

紫式部
めくりあひてみしやそれ
ともわかぬまにくもかく
れにしよはのつきかな

清原深養父
なつのよはまたよひなか
らあけぬるをくものいつ
こにつきやとるらむ

恵慶法師
やへむくらしけれるやと
のさひしきにひとこそみ
えねあきはきにけり

藤原基俊
ちきりおきしさせもかつ
ゆをいのちにてあはれこ
としのあきもいぬめり

良暹法師
さひしさにやとをたちい
てなかむれはいつこも
おなしあきのゆふくれ

菅家
このたひはぬさもとりあ
へすたむけやまもみちの
にしきかみのまにまに

貞信公
をくらやまみねのもみち
はこころあらはいまひと
たひのみゆきまたなむ

源俊頼朝臣
うかりけるひとをはつせ
のやまおろしよはけしか
れとはいのらぬものを

曾禰好忠
ゆらのとをわたるふなひ
とかちをたえゆくへもし
らぬこひのみちかな

左京大夫道雅
いまはたたおもひたえな
むとはかりをひとつてな
らていふよしもかな

左京大夫顕輔
あきかせにたなひくくも
のたえまよりもれいつる
つきのかけのさやけさ

僧正遍昭
あまつかせくものかよひ
ちふきとちよをとめのす
かたしはしとためむ

文屋康秀
ふくからにあきのくさき
のしをるれはむへやまか
せをあらしといふらむ

文屋朝康
しらつゆにかせのふきし
くあきののはつらぬきと
めぬたまそちりける

寂蓮法師
むらさめのつゆもまたひ
ぬまきのはにきりたちの
ほるあきのゆふくれ

遠島百首から百人一首（院より定家へ）

すみそめのそてのこ ほりにはるたちて ありしにもあらぬな かめをそする	ねせりつむのさはの みつのうすこほり またうちとけぬはる かせそふく	ふるゆきにのもりの いほもあれはてて わかなつまんとたれ にとはまし	いにしへのちきりも むなしすみよしや わかかたそきのかみ とたのめと	ももちとりさへつる そらはかはらねと わかみのはるそあら たまりぬる	おきのうみをひとり やきつるさよちとり なくねにまかふいそ のまつかせ	ゆふつくよいりえに しほやみちぬらむ あしのうらはにたつ のもろこゑ	かもめなくいりえの しほのみつなへに あしのうははをあら ふしらなみ	しほかせにこころも いとどみたれあしの ほにいててなけけと ふひともなし	とにかくにひとのこ ころもみえはてぬ うきやのもりのかか みなるらん
すみそめのそてもあ やなくにほふかな はなふきみたるはる のゆふかせ	ちるはなにせせのい はまやせかるらむ さくらにいつるはる のやまかは	もえいつるみねのさ わらひゆききえて をりすきにけるはる そしらるる	とほやまちいくへも かすめさらすとて をちかたひとのとふ もなけれは	さとひとのすそのの ゆきをふみわけて たたわかためとわか なつむころ	しもかれのをはなふ みわけゆくしかの こゑこそきかねあと はみえけり	けさみれはほとけの あかにつむはなも いつれなるらむゆき のうもれき	かそふれはとしのく るるはしらるれと ゆきかくほとのいと なみはなし	もしほやくあまのた くなはうちはへて くるしとたにもいふ かたそなき	とはるるもうれしく もなしこのうみを わたらぬひとのなみ のなさけは
はるさめもはなのと たえそそてにもる さくらつつきのやま のしたみち	おのれのみおふるは るにもとおもふにも みねのさくらのいろ そものうき	はるさめにやまたの くろをゆくしつの みのふきかへすくれ そさひしき	とけにけりもみちを とちしやまかはの またみつくくるはる のくれなゐ	なひかすはまたもや かみにたのむへき おもへはかなしわか のうらなみ	そめのこしうらみし やまもほともなく またしもかれのかせ おろすかな	おくやまのふすゐの とこやあれぬへし かるももたえぬゆき のしるしき	ふゆこもりさひしさ おもふあさなあさな つまきのみちをうつ むしらゆき	ひとこころうしとも いはしむかしより くるまをくたくみち にたとへき	みしよにもあらぬた もとをあはれとや おのれしほれてとふ しくれかな
かきりあれはかきね のくさもはるにあひぬ つれなきものはこけ ふかきそて	ものおもふにすくる つきひはしらねとも はるやくれぬるきし のやまふき	やとからむかたのの みののかりころも ひもゆふくれのはな のしたかけ	なかむれはいとどう らみもますけおふる をかへのをたをかへ すゆふくれ	すきにけるとしつき さへそうらめしき いましもかかるもの おもふみは	ふゆくれはにはのよ もきもしもかれて くちはのうへにつき そさひゆく	ちりしけるにしきは これもたえぬへし もみちふみわけかへ るやまひと	やまかせのつもれは やかてふきたてて ふれとたまらぬみね のしらゆき	さなからやほとけに はなとをらせまし しきみのえたにつも るしらゆき	おのつからとひかほ なりしをきのはも かれかれにふくかせ のさむけさ
うらやましなかきひ かけのはるにあひて いせをのあまもそて やほすらむ	かすみゆくたかねを いつるあさひかけ さすかにはるのいろ をみるかな	はれやらぬみのうき くもをいとふまに わかよのつきのかけ やふけぬる	なかむれはつきやは ありしつきならぬ うきみひとつそもと のはるなき	かきりあれはかやか のきはのつきもみつ しらぬはひとのゆく すゑのそら	かみなつきしくれと ひわけゆくかりの つはさふきほすみね のこからし	こそよりはにはのも みちのふかきかな なみたやいとどしく れそふらむ	たつたやままよふこ のはのゆかりとて ゆふつけとりにこか らしのかせ	おもふひとさてもこ ころやなくさむと みやことりたにあら はとはまし	ことつてむみやこま てもしさそはれは あなしのかせにまか ふむらくも
なにはえやあまのた くなはたきわひて けふりかかめるさみ たれのころ	さみたれにみやきも いまやくたすらん まきたつみねにかか るむらくも	さみたれにいけのみ きはやまさるらむ はすのうきはをこゆ るしらなみ	くれたけのはすゑか たよりふるあめに あつさひまあるみな つきのころ	あはれにもほのかに たたくくひなかな おいのねさめのあか つきのそら	あはれなりたかつら とてかはつかりの ねさめのとこになみ たそふらむ	のをそむるかりのな みたはいろもなし ものおもふつゆのお きのさとには	みほのうらのつきと ともにやいてぬらむ おきのとやまにふく るかりかね	はれよかしうきなを われにわきもこか かつらきやまのみね のあさきり	かたしきのこけのこ ろものうすけれは あさけのかせもそて にたまらす
ゆふすすみあしのは みたれよるなみに ほたるかすそふあま のいさりひ	ゆふたちのはれゆく そらのくもまより いりひすすしきつゆ のたまささ	なみまわけおきのみ なとにゆくふねの われそこかるるたへ ぬおもひに	おなしよにまたすみ のえのつきやみむ けふこそよそのおき のしまもり	なにとなくむかしか たりにそてぬれて ひとりぬるよもつら きかねかな	とへかしなくものう へよりこしかりも ひとりともなきうら になくねを	いかにせむくすはふ まつのときのまも うらみてふかぬあき かせそなき	いたつらにみやこへ たつるつきひとや なほあきかせのおと そみにしむ	おなしくはきりのお ちはもちりしくな はらふひとなきあき のまかきに	ぬれてほすやまちの きくもあるものを こけのたもとはかは くまそなき
われこそはにひしま もりよおきのうみの あらきなみかせここ ろしてふけ	したくゆるむかひの もりのかやりひに おもひもえそひゆく ほたるかな	たとふへきむろのや しまもとほけれは おもひのけふりいか かまかへむ	とにかくにつらきは おきのしまつとり うきをはおのかなに やこたへむ	うしとたにいはなみ たかきよしのかは よしやよのなかおも ひすててき	よもすからなくやあ さちのきりきりす はかなくくるるあき をうらみて	あかつきのゆめをは かなみまとろめは いやはかななるまつ かせそふく	ふるさとをわかれち におふるくすのはの かせはふけともかへ るよもなし	ひにそひてしけりそ まさるあをつつら くるひとなしのまき のいたとに	をかのへのこのまに みゆるまきのとに たえたえかかるつた のあきかせ
ふるさとをしのふの のきにかせすきて こけのたもとににほ ふたちはな	ふるさとのこけのい はほしいかならむ おのれあれてもこひ わたるかな	さととほみきねかか くらのおとすみて おのれもふくるまと のともしひ	なかきよをなかなか あかすともとてや ゆふつけとりのこゑ そまちかき	いまはとてそむきは てぬるよのなかに なにとかたらふやま ほとときす	よのつねのくさはの つゆにしほれつつ ものおもふあきとた れかいひけむ	おきわひぬきえなは きえねつゆのいのち あらはあふよをまつ となりれと	おもひやれいととな みたしふるさとの あれたるにはのあき のしらつゆ	ふるさとのひとむら すすきいかはかり しけきのはらとむし のなくらむ	やまもとのさとのし るへのうすもみち よそにもをしきゆふ あらしかな
あやめふくかやかの きはにかせすきて しとろにおつるむら さめのつゆ	くれかかるやまたの さなへあめすきて とりあへすなくほと ときすかな	たをやめのそてうち はらふむらさめに とるやさなへのこゑ いそくらむ	みるからにかたへす すしきなつころも ひもゆふくれのやま となてしこ	けふとてやおほみや ひとのかへつらむ むかしかたりのなつ ころもかな	あきされはいととお もひをましはかる このさとひともそて やつゆけき	さきかかるやました みちもまよふまて たまぬきみたるはき のあさつゆ	なきまさるわかなみ たにやいろかはる ものおもふやとのに はのむらはき	たのめこしひとのこ ころはあきふけて よもきかそまにうつ らなくこゑ	おもひやれましはの とほそおしあけて ひとりなかむるあき のゆふへを

10　院の崩御

院遷幸後十一年が経過した寛喜四年（一二三二）一月、定家は権中納言となった。順調な出世であった。親類縁者が朝廷の実力者になっていたからである。本人のみならず、誰しもがそう思った。そうでなければ、この不器用な生き方しかできぬ定家には無理であったろう。それも誰もが思うことであった。改元され貞永元年六月、定家は後堀河天皇の勅命を賜って「新勅撰和歌集」の撰進を一人でやることになった。歌人としてこの上ない栄誉と言えた。十二月、彼は権中納言職を辞し、専ら撰進に集中することにした。翌年の天福元年（一二三三）、定家は出家した。そして、遠島よりの御文を賜った。

しかし、好事魔多しである。翌年の天福二年（一二三四）八月、後堀河院が二十三歳で崩御した。その翌日、自棄になった彼は「新勅撰和歌集」の草稿を焼いてしまった。しかし、主家の九条道家はあきらめなかった。以前、院に奏覧されていたものを探し出してきて、作業を続行させた。そして、定家が撰んだ後鳥羽・順徳・土御門院の詠百首近くを幕府に忖度して定家に捨てさせた。

文暦二年（一二三五）三月十二日、「新勅撰和歌集」が完成した。が、定家にとって、この歌集が到底納得のいくものでなかったのは言うまでもない。己一人の撰進ではない。別の大きな邪悪な力が入ってきて、歌の世界の聖域を蹂躙した。あってはならない暴挙であった。武者が歌の世界にも横行し、無言の口出しをするようになっていた。「歌」命の彼にとって、その憤りたるや気が遠くなりそうであった。

二か月ほど経って、やり場のない怒り、無念の思いを少しずつ癒やしていた頃にまたまた、やっかいな依頼事が舞い込んだ。嵯峨の中院の障子に張る色紙形和歌の選定である。彼は何度も固辞したが、かまわず、しつこく依頼された。依頼主は、息子為家の舅である関東の豪族宇都宮蓮生であった。そういうこともあり、ついに断れず、しぶしぶ引き受けた。歌は以前、隠岐の院へ奉った百人一首を一部改編した百人秀歌を使うことにした。

予本自文字を書く事を知らず。嵯峨中院障子色紙形、故に予書くべきの由彼の入道懇切なり。極めて見苦しき事と雖も慫に筆を染め之を送る。古来の人の歌各一首、天智天皇より以来家隆雅経に及ぶ。
（「明月記」より）

この年の三月、院が遷幸されて十四年を経て遅すぎの感もあるが、ようやく朝廷が動き始めた。後鳥羽院・順徳院の還幸案が鎌倉方へ提出された。このことは、瞬く間に都じゅうに広がり、もう明日にでもご還幸なるやという悦びの声に都大路は満ちあふれた。これは遠島にも聞こえ、かの地のお方はその日をどれほど待ち望まれていたであろうか。しかし、今回もまた、悦びは悦びのままに終わってしまう。

あろうことか。三代執権北条泰時は、なんと還幸案を断固拒否したのであった。その噂が都中に伝わり、都全体が暗い雲に覆われたようになり、重苦しい雰囲気が漂った。

北条氏がいったんなしたことは、全て正しかったのだと、後の世の人に知らしめ、寸分の隙も与えぬ為に、歴史の事実は変えない方針であったという。まあ、裏を返せば、それほど院の力やその後ろに待機している面々を恐れていたということになるのかもしれない。

これでいよいよ、院の都への御還幸は絶望的な色合いを帯びてきた。己は微力ながらも、今や朝廷で実質的力をふるっている九条家（主家）や義弟（妻の弟）西園寺公経氏に折に触れて院の御還幸を内々にお願いしてきた。それなのになんたることだ。このような仕打ちをうけても、なお武者どものしたい放題を許すというのか。ほんに、なげかわしき世になり果てたことぞ。さぞかし、院は遠い地で気落ちなさっておられよう。せめては己の今できることをしなくてはならぬと定家は思うのであった。

この年の十二月三十日を最後に十九歳の時から続けていた日記「明月記」を書くのをやめた。

翌年から、定家は遠島への返し文を本格的に作り始めた。院よりの御文を賜ってから二年もの月日がいたずらに流れていた。「新勅撰和歌集」「嵯峨中院障子色紙形和歌」などに時を奪われた。彼には焦りが出ていた。定家七十四歳。目も霞がかかったように見えなくなり、足取りもおぼつかなく、情けないほど己の体が己の思うように動かなくなっていた。一番往生したのが右手が震えるので文字が思うように書けないことであった。左手で右手首を握って押さえ押さえ若い頃の何倍もの遅さで筆を操るのであった。院は定家の返信をお待ちになっているに相違ない。ただ一つの強い意志が、彼をかろうじて、この作業にかからせていた。逆に言えば、この作業が彼をどうにか生かしていたとも言える。

そして、早いもので三年もの月日がまたたくまに流れた。急がなくては。目がまだ見えるうちに。あと完成まで、もう少し。というところで、彼は生まれて初めて足元の地面が割れて、大地が動いたような衝撃を受け、それから、言いようのない悲しみに襲われた。

隠岐の院の崩御である。延応元年(一二三九)陰暦の二月二十二日、桜の咲く折で六十歳であられた。隠岐の島にあらしゃること、あしかけ十九年。再び、京の地をお踏みになることは無かった。恐るべきことに、院のご還幸はこれで、とこしなえに失われたのだ。

今度ばかりは、年を重ねてこのところ温和であった定家であるが、あまりの悲しみ、情けなさ、怒り、絶望に持前の癇癪(かんしゃく)を起こしそうだった。地の底からのうなり声を上げたり、屋敷の外を走り回ったり、木の枝を木刀でこなごなに粉砕したり、号泣して大粒の涙を流したり……。しかし、それらは全て己が心の中の幻でもあった。現実の己は、体力も気力もなく、足はもつれ手は上がらず目も不自由で涙も出てこなかった。老いのみじめさ。感情を外へも向けられない程、老体は生身の己を抑え付けていた。

後悔、取り返しのつかない後悔、「文を返せなかった」「間に合わなかった」「時は戻らない」彼は一人しみじみと泣いた。その後は、茫然自失、放心状態が数か月続いた。

その間、隠岐で後鳥羽院のおそばにお仕えしていた忠臣能茂が御遺骨を首にかけて都に戻ってきて大原西林院に安置申し上げたということも聞こえてきた。が、他のお供の人々の消息は何ら聞こえてこなかった。

11　亀菊と義綱

人の命はなんとはかなきもの。昨日そのお方の息づかいをすぐそばに聞いた。ある時は拗ねてみせ、ある時は笑み交わし、ある時は涙さしぐみ、日々をともに暮らした。そのお方の影がもうどこにもなかった。野山を捜しまわってももう、この世のどこにもないのだ。もう二度とお目にかかれない。御所様は、たったお一人で、ご勝手に二月二十二日に旅立たれた。この亀菊をともに連れていかれずに。亀菊の心の中にポッカリ穴があいた。

終夜、玉体は山中で火葬に付された。朝に御遺骨を大きな瓶に納め奉り、行在所近くの土中深くに葬り申し上げた。中陰の法事が幾日も粛々と営まれた。五月、院の御遺骨の一部が寵臣能茂の胸に揺られながら都にご還幸なされた。道中、御遺骨は、コツコツと音をたて、何事か仰せられているようだったという。都にお帰り遊ばされたが、生きて彼の地を再びお踏みなさることはなかった。島でのご憂愁の日々はあしかけ十九年もの長きにわたった。その御無念に思いを馳せて、院のご悲運を思い、院をお迎えする都の人々は、心痛め、涙を流した。

はじめから院のお供で都から来て隠岐で暮らしていた人や、途中から加わった人らも、縁故を頼り、そのうち、島から一人去り、二人去りしていく。庭には雨に濡れそぼった野良猫がいる。亀菊をみつめながら「みゃー」と鳴いた。親猫を見失った子猫である。「わらわも、たったひとりになってしもうた」

うずくまり、まるまった老婆のような後姿を亀菊は見せている。

亀菊様は、このところ、部屋に閉じこもりきりであるらしい。それを聞いた義綱は、御気分をまぎらわしていただこうと、島の北西方角にある、ここいらで一番、眺めの良い場所へお誘いした。

義綱と亀菊と従者二名の総勢四名で朝早く出かけた。亀菊の歩みは女性ゆえゆっくりではあるが、昔鍛えた為もあってか、一足一足の歩みは確かなものであった。四名のうち、一番遅くなっているのは村上家の古参の家来弥助である。頭の毛も雪をいただき腰も少し曲がっている。

「弥助、大丈夫か」

時折、義綱が冷やかすように声をかける。

「なんの、これしき、大丈夫でござりまする」

言ったそばから体をふらつかせている。年をとると頑固になるからか、もって生まれた気性からか、もう一人の若い従者の手を振りほどき、万事、自己流に歩んでいる。こけては歩み、歩んではこけている。

それまでの叢から岩がごつごつしている場所へ出てきた。足元が悪くなってきたので義綱は弥助の方を見ながら後ろ向きに歩く。

「若、弥助は大丈夫ですから、普通に前をむいてお歩きなされよ。若の方があぶのうござります」

「弥助、何ゆっだ。わしは当年何歳ぞ。『若』はやめてくれ」

「わしにとって若様はいつまでも若だけん……」

小声でブツブツ言いながら弥助はふらふら歩んでいる。

ようやく、海の見晴らせる開けた場所に出てきた。

沖の方を見やると、大中小の細長い大きな削ったような岩が天に向かって行儀良く並んで海から突き出ている。それらの岩が前に見える所に四人は腰をおろした。時折吹く風が心地良い。お天気の良い日だった。空は真っ青で海はキラキラと輝き穏やかだった。笹に包まれたお団子と瓜の味噌漬けがとても美味しく感じられる。

帰りは下り坂で、来る時とはまた、別の意味で歩きにくかった。

しばらく休んだせいなのか、弥助は今度は前方をなんとか歩いているようだ。

「あっ」亀菊は滑りそうになった。体を支えようと傍らの木の枝をつかんだ。

「亀菊様、それがしの手を握られよ」すぐ傍で義綱が手をさし出したので亀菊はそれにすがった。次に、大きな岩から、その下の岩へ移ろうとする時、義綱は、亀菊の手を取りつつ、もう片方の手で亀菊の肩を抱えるように一緒に降りた。

「大丈夫でござりまするか」前を進んでいたはずの弥助が、いつの間にか二人の目の前にいた。

と、義綱の顔がみるみる赤くなった。

「ああ、大丈夫でござりますね。そげだ。また、この爺が若、いや、殿のお邪魔を致すところになりまして。いや、これは面目ない。ご無礼つかまつりました」

弥助は困ったように唇をとがらせ、上目づかいで亀菊を見た。

何事もない日がしばらく続いた。そんなある日、義綱が訪ねてきた。

朝から降り続いた雨がやんで、あたりがどんよりとした暗い日だった。

「亀菊様、ずっと、この隠岐の地におとどまりくださいませ。おそれながら、不肖村上義綱、この近くに亀菊様のお屋敷をご用意しようと考えておりまする」

「わらわは、この隠岐に骨をうずめるつもりはないぞえ。この地はとても良い所ではあるが、わらわには、この先もなすべきことがあるゆえ、早晩この地を去ることになりましょう。ほんまに世話になりましたぞ。義綱殿。御所様の後世のお弔い、今後もくれぐれも、この亀菊からも切にお頼み申しまする」両の手をつき、ふかぶかと頭を下げる。

義綱の目からスッと光が消えて、代わりに憂いの色がこもった。

「この島を出られた後の行く先は定まっておられまするか」

「そなたも知っておろうが。御所様に拾われるまでは、わらわは、ただのそこらの白拍子。白拍子いうは、今日はこの地、明日はかの地と、ねぐら定めぬ客人相手の遊び女。わが身一つの処し方ぐらい、昔取った杵柄、慣れておりますゆえ心配なぞ御無用でござりまする」

亀菊は、だらしなく身をよじらせ、義綱に、はすっぱに笑いかけたが、その目は笑っていなかった。

義綱は、そんな亀菊を真剣なまなざしで見つめ、おこった風な顔つきをしていた。

波音が遠くに響いていた。

明くる日、亀菊は、身のまわりの片づけをしていた。ガアガアと烏の鳴き声が近くに、やけに大きく聞こえる。波音がかすかに単調に聞こえていた。院とともに波音を聞いていた頃は、心にヒタヒタと迫るものがあったが、今は空しく響くだけである。今となっては、あの頃でさえ懐かしく心あたたまるものがあったと思える。あの頃に戻りたい。都へ一体いつ帰れるのかと院とともに今か今かと涙にくれながら、それでもあてにして待っていた時分に。これからの己が行く手は暗く閉ざされ、その先は闇である。

「ああ、たったひとりになってしもた」

しかし、亀菊の心に御所様との最後のやり取りが、くっきりと浮かびあがる。

「菊、朕の言ったように後はよろしゅう頼むぞ」

「承知致しました。必ずや。この命に代えて果たしましょうぞ。ご安心くださりませ」

菊は、力のこもった眼を見開き、ほほえみながら御所様にあの時申し上げたのであった。

亀菊は、もう今では形見になった懐刀を手に取った。柄には十六弁の菊花の銘が入っている。刀身を抜いてみた。生きているかのような刀の切っ先がヌラヌラと光を放っている。院が亀菊の為、幾日もかけて御自ら、焼きを入れて、叩いてお作りになった刀である。

「あのまっすぐなご気性の義綱殿のお心に添えるなら、この島で安らかに生きていけるなら。女人としてどんなに幸せだろう。しかし、それはできぬこと。わらわには、この先もなすべきことがあるのだ。御所様や父上母上婆様のお気持ちを受け継いでいくという。この国のために。それが、亀菊のさだめ。わらわが、この世で最後に行き着く先は、祖谷の地になるのだろう。それはいつの日か。父と母のそばに眠る。懐かしい祖谷の山川に抱かれて。優しい祖谷の人達が暮らしている。あの地で。あたたかな声や季節毎の音や光や香りの中で」

高い山々に幾重にも囲まれている。谷間を流れる川沿いに延びた小さな集落。鳥がさえずり、風が時折、低空を吹き抜け、枯れ葉が舞い散った。落ち武者やその一族郎党がひっそりと、ほぼ自給自足で穏やかに助け合って暮らしていた。再起を願う気持ちも年月とともに薄れていき、日々の小さな幸せに村人は満足しているようだった。多くは、平家一族の人々であった。一方、父義経は源氏の出である。祖谷には、敵と味方が共存していた。

12　父の話

父とともに祖谷で暮らしていた頃、夕餉(ゆうげ)の折に父は昔の出来事を亀菊に語って聞かせたものだ。父の話を亀菊は、このところよく思い出す。

「童の頃は都で過ごした。一条家のお公家様のお子としてわしは大切に育てられた。優しい父母、可愛い弟妹。にぎやかで笑いの絶えない日々。七歳になった折、突然、それが破られる。わしは、急に洛北の鞍馬寺に行くように言われたのじゃ。出立の日、幼い弟が門に立ち泣いていたのを昨日のことのように覚えているぞ。わしもつられて泣いた。それを見た母は、厳しくわしを咎めたのじゃ。そんな母上を見るのは初めてだった。

『あきません。泣いてはなりませぬ。強うなりなさい。こらえるのです』

『何故、寺に行かなければなりませぬか。牛若丸は寺になぞ行きとうありませぬ』

母はこたえず、横を向いていた。泣いているようだった。

わしは、理由もわからなかったが、この理不尽に従うしかなかったのじゃ。この頃から母の言った『こらえる』ということばが、わしの身に、ついてまわるようになった。世の中は、まこと、理不尽なことに満ち満ちていた。わしがなぜ寺に行くことになったのかは、後に寺を出る頃までには察しがついていたがの。平家に痛くもない腹をさぐられぬよう、わしは寺に入れられた。昔、清盛殿に命を助けられた時、そういう約束ができていたのかもしれぬ。優しい一条家の父は継父であった。実の父は、平家に滅ぼされた源義朝であるということを寺を訪ねてきた人から聞いた時は驚いたが、それで、これまでのこと全てに合点が行ったのじゃ。寺を出て次に頼って行った先は、奥州の藤原秀衡公の許であった。これも、継父の恩顧によった」

「兄頼朝が、平家打倒の兵を挙げた折、恩のあった秀衡公の反対を振り切って、奥州より黄瀬川の陣に馳せ参じたのは、兄上に会いたしという一途な強い思いからであった。他意はない。対面した折は、兄も泣いて兄らしいことばをかけてくれた。どんなにありがたく、うれしかったことか。九郎はこの世にもう一人ではない。わが居場所見つけたり。と安堵致した。今でも、当時を思い出すと涙が自然と出てくる。あの時のわしに向けた兄の気持ちは、まことであったと今も信じている。されど、東国の武者どもは、兄をかつぎ出して、その貴種をお飾りにして、己らの領地を平家の真似をしてただただ増やそうとしていた。己らの欲得のみで、それ以外何の大義もなかった。人というものはな。己の欲得や感情のみで動いては駄目なんじゃ。人は大義で動かないとな。兄の傍にいる北条氏や三浦氏らのわしを見る目の何と冷ややかなものであったか。今思うと、いずれ、隙あらば、わが一族がと覇権を狙う輩にとって、突然現れた鎌倉殿の弟の存在なぞ邪魔者以外の何者でもなかったのだろうよ」

「兄の北の方の北条政子は、底意地の悪い下品な女であったぞ。その奥の方に光る小さな眼と、色黒でえらの張った顔つき、ずんぐりの体つきは、さしずめ地獄の閻魔大王を思わせた。ある時、わしのいるそばで、聞えよがしにほざいた。『己が夫の首をあげた仇に抱かれる女なんて、ああ、思っただけでけがらわしや。その血を引いた子もけがらわしや』この時、『それは、誰のことを言っているのか』

とどなり返せば良かったと、わしは今でも口惜しや。わが母常盤は、己が母がつかまり、拷問にあっていると聞き、母の命を助けんと、そして、わが子どもの命を助けんとしたまでじゃ。己が身のふり方などニの次だった。わしだって、母の立場なら同じことをしたと思うぞ。兄上は、まわりにあれだけの家臣を従えながら誰ひとり心からの味方はなく、いろいろなことを吹き込まれ、まことが見えなくなったのであろう。妻や子らとも親しまず、親しめず、心休まる時も少なく、兄上も今思うと気の毒なお人じゃった。もしも、違う状況で出会ったなら、きっと仲の良い兄弟であったろう」

「わしは、平家との戦いの最中、安徳様と平家の面々が逃げられるよう、とり計らった。後白河法皇に宮中謁見の折、わしは頼まれていたのじゃ。法皇が危惧されていたのは、神器を携えた安徳天皇を源氏が東国へお連れ申し、恐れ多くも、彼の地に新たに朝廷をたてることであった。朝廷としてはこの国を武者ふぜいの手に渡し、朝廷を東の国なんぞにたてるなんて、それこそ断じてあってはならないことじゃった。わしは、法皇や一条の継父の考え方に賛同した。それは、結果的に鎌倉の兄上を裏切ることになってしもうた。弟としては申し訳ないことをしたと今でも思うておる。大義のために是非もなかったんじゃ。この国のためにな。この国の末の世のためにな」

「菊の兄は、生まれてすぐに殺された。由比が浜の海に投げ込まれて。むごいことよのう。憎っくきは北条の輩なり。お婆殿が言うことには、子を殺された悲しみから、しばらくは、もの狂いのように菊の母は、静は、なっていたそうじゃ。無理もない。抱きしめた赤子を無理矢理引きはがされ連れていかれた。赤子の肌の温もりがまだ我が懐に残っていて、それを感じるというのに無惨な殺され方をされたんだから。鎌倉に追われて吉野山でわれらが逃げていた時、女人には危害を加えまいと故意に静を捨て置いてわれらは逃げた。静もみずから、そうすると言ってくれたんだが……。ほんに悪いことをしてしまったとわしは悔いている。わしは何もしてやれなかったな。守ってやることもでけなんだ。静は、心身ともに疲れ果て傷ついて、再会した折には昔の笑顔はもうなかった。菊が生まれ、少しは元気が出てきたと喜んでいたんじゃが。ある時、気分がすぐれぬと横になり、二度と起き上がることはなかったんじゃ」

「源氏と平家は敵味方に分かれ西海で戦うた。敵方の平家の舟にはわしの妹も乗っておった。清盛殿と母常盤との間にできたお子だ。平家はあっぱれ庶子も全部引き取って平家一族として育てた。妹も清盛殿の血を分けた姫君として大切に育てられた。今は嫁いで幸せにくらしているようじゃ。平家は、一族郎党、昔から皆、仲が良かった。お互いに助け合い盛り立て合ったからこそ、あれほどの栄華を築けたと思うぞ。

それに引き替え、わが源氏一族はどうじゃ。昔から、親子兄弟親戚郎党同士がいがみ合い罵り合い殺し合ってきた。わが兄も一介の流人から身をおこし、この国の征夷大将軍にまで成り上がったお人であった。が、屋台骨にひびが入っていたから源氏の天下はあっという間に潰(つい)えてしまった。『庇を貸して母屋を取られる』ということになってしもうたな」

「ある時、兄上が相模川の橋供養に出かけるという知らせを受けて、われらは、幾日もかけて策を練って、それを実行に移した。目的を果たし、ようやく祖谷に帰り着いた時は、みんな、疲弊しておったぞ。寒い時期に旅をし、橋の下で川風にさらされたりしたからのう。安徳様は、祖谷へお帰りになられた頃から病がちになられ、ついに元久元年（一二〇四）崩御なされた。安徳様のご最期は、ご立派であられた。お覚悟のほどは頭の下がるものがあったぞ。これに落胆したのか、常におそばでご奉仕申し上げていた豪快な、体力自慢の国盛殿も、跡を追うようにあっさりと亡くなってしもうた」

「源家は清和天皇を祖とし、八幡太郎義家などの勇猛果敢の武者も数多輩出している血統である。が、どうやら、わしは母方の血を多く受けたと見える。体も小さく、なで肩、色白、力が弱うて弓矢も引けぬ。度胸もないし、覚悟もない。武者というには、おおよそ、不似合である。わしが大功をなせたのは、ひとえに郎党のお陰なり。わしに仕えた武蔵坊弁慶や伊勢三郎義盛や佐藤兄弟らが、緻密な計算と大胆なやり方で全ての戦を勝ち戦に導いてくれた。その上、彼の者達は、兄に疎まれたわしを思いやり、わしの身代わりになって国の外へと命がけで海を渡ってくれた。わしの為にじゃ。この国の為にじゃ。わしには、まだすべきことが残っていると言ってくれた。故山を背にして日の本の国を離れていった彼の者達の気持ちを思うと、わしは今でも胸が痛み、毎日、心の中で泣いているぞ」

「骨肉の縁薄かったわしにとって、郎党とともに暮らしていた頃がどんなに満ち足りた幸せなものであったか。彼の者達が去ってはじめてわかった。ひとは失ってはじめて大切なものに気づく。その時はもう手遅れなんじゃが。安徳様がお隠れになり、国盛殿がのうなってからはわしは一人では何もできず、それに気づかされたな。今は、ただ、いたずらに日々を過ごしているのみ。天下の名将源九郎義経様と昔は都で、やんやと、もてはやされたこともあったが、まことの義経は、このように腑甲斐(ふがい)無き男に過ぎなかったのじゃ」

父は、夕餉に炉端で飲めない酒を無理やり飲んで、いつも顔を真っ赤にしながら、訥々(とつとつ)と自嘲めいたことや恨み言を亀菊に繰り返し、時には涙声で話して聞かせた。

農作業の合間には、どこからか拾ってきた木片を短刀で削っては仏像を作り、それを何体も、西側の夕日の差し込む棚の上に安置して、毎日長いこと拝んでいた。その父の小さな後姿が亀菊の心に今もはっきりと刻み込まれている。やさしき人ほど、この世の悲しみ、寂しさはより深くなるものだ。

13　黄泉への国への文

山の木々の葉が勢いを帯び始めた頃、ようやく定家は落ち着きを取り戻した。隠岐への文を、黄泉の国への文に改めることにしたのだ。定家七十八歳、老体に鞭打って残りの全ての力を振り絞っての大仕事であった。よろしおす。命かけてやらせてもらいます。これが最後の御奉公になるのかのう。そうして、それから一年余り費やしてようやく仕上げた。どうにかこうにか間に合ったか。黄泉の国への良い土産話ができたなとほっとした。己の死期ぐらいわかっていたのである。

「**藤川百首**」（注・一部、旧字・異体字になっていない。）

春廿首

關路早春
たのみこし關の藤河春來ても深き霞に下むせびつゝ

湖上朝霞
朝ぼらけみるめなぎさの八重霞えやは吹とく志賀の浦かぜ

霞隔遠樹
三輪の山先里かすむ泊瀬川いかにあひ見ん二本の杉

羇中聞鶯
都出て遠山ずりのかり衣鳴音(なくね)友なへ谷のうぐひす

隣家竹鶯
山がつの園生に近くふしなれて我(わが)竹がほにいこふうぐひす

田邊若菜
小山田の氷に残るあぜづたひみどりの若菜色ぞすくなき

野外殘雪
春日野は昨日の雪のきえがてにふりはへいづる袖ぞ數そふ

山路梅花
色も香もしらではこえじ梅の花にほふ春べの明ぼのの山

梅薫夜風
にほひくる枕にさむき梅が香にくらき雨夜の星やいづらん

水邊古柳
年月も移りにけりな柳かげ水行(ゆく)河のすゐの世の春

雨中待花
今日よりや木のめも春の櫻ばなおやのいさめの春雨の空

野花留人
玉きはる浮世忘て咲花の散ずは千代も野邊の諸人

遠望山花

色まがふ誠の雲やまじるらん比(ころ)は櫻の四方の山の端(は)

曉庭落花

あかなくにおのがきぬ〲吹風に苔のみどりも花ぞわかるゝ

古郷夕花

里はあれぬ庭の櫻もふりはててたそがれ時を問人もなし

河上春月

行春のながれてはやきみなの川かすみの淵に曇る月影

深夜歸鴈

春の夜の八聲の鳥も鳴ぬまに田面(たのも)の鴈(かり)のいそぎ立らん

藤花隨風

松風の聲もそなたになびくらんかゝれる藤の末もみだれず

橋邊款冬

橋柱色に出(いで)けることのはをいはでぞ匂ふ款冬(くちなし)の花

船中暮春

今日は猶霞をしのぐ友舟の春のさかひを忘れずもがな

夏十首

卯花隠路
卯の花の枝もたわゝの露を見よとはれし道の昔がたりは

初聞時鳥
昨日こそ霞たちしか時鳥又打はぶき去年(こぞ)のふる聲

山家時鳥
此里は待も待(また)ずも時鳥山飛こゆるたよりすぐすな

池朝菖蒲
あくるより今日引あやめ池水におのが五月ぞなれてわかるゝ

閑居蚊遣
こがるとて煙も見えじ時しらぬ竹のは山のおくの蚊遣火

廬橘驚夢
袖の香は花たちばなに残れどもたえて常なき夢の面影

森五月雨
侘人のほさぬためしや五月雨の雫にくたす衣手の森

野夕夏草
あだし野のをがやが下葉たがために亂そめたる暮を待らん

澗底螢火
日影見ず咲てとく散る色もなし谷は螢ぞひかり成ける

行路夕立

夕立に袖もしをる丶かり衣かつうつり行遠（をち）かたの雲

秋廿首

初秋朝風

秋來ぬといふ計（ばかり）なる蓬生に朝けの風の心がはりよ

閏月七夕

天河文月は名のみかさなれど雲の衣やよそにぬるらむ

野亭夕萩

秋萩に玉ぬく野邊の夕露をよしやみださで宿ながら見ん

江邊曉荻

あけわたる荻の末葉のほの〴〵と月の入江を出る舟人

山家初鴈

秋風の雲にまじれる峯越て外山のさとに鴈はきにけり

海上待月

淡路嶋秋なき花をかざしもて出るもおそしいさよひの月

松間夜月

袖近き色や綠の松風にぬる丶がほなる月ぞすくなき

深山見月

花ならでいたくな侘（わび）そとばかりも太山（みやま）の月を人やとはまし

草露映月

武蔵野につらぬきとめぬ白露の草はみながら月ぞこぼる、

關路惜月

逢坂は歸りこん日をたのみても空行月の關守ぞなき

鹿聲夜友

山ざとの竹より外の我友は夜鳴鹿の庭の草ふし

田家擣衣

露霜のおくての山田吹風のもよほすかたに衣擣（うつ）也

古渡秋霧

夕霧にこととひ侘ぬ角田（すみだ）川我友舟は有やなしやと

秋風満野

宮木野の木下（このした）露もほしはてで拂（はらひ）もやらぬ四方の秋風

籬下聞蟲

みだれおつる萩のまがきの下露に涙色ある松蟲の聲

紅葉移水

山川の時雨て晴る紅葉ばにをられぬ水も色まさりつ、

山中紅葉
山めぐり時雨（しぐ）るおくの紅葉ばのいく千しほとかこがれはつらん

露底槿花
秋風の上葉にためぬ白露をしぼらでひたす槿（あさがほ）の花

河邊菊花
大井川ゐせきの浪の花の色をうつろひ捨（すつ）る岸の白菊

獨惜暮秋
また人の問ぬもうれし草木だになれてはをしき秋のわかれを

冬十首

初冬時雨
けふそへにさこそ時雨の音信（おとづれ）て神無月とは人にしられめ

霜埋落葉
朝霜の庭の紅葉は思しれおのが下なる苔の心を

屋上聞霰
眞木の屋に霰の音もとだえつゝ風の行末（ゆくへ）になびく村雲

古寺初雪
むかしべや何山姫の布さらす跡ふりまがへ積る初雪

庭雪厭人

我門は今日こむ人に忘られね雪の心に庭をまかせて

海邊松雪

住吉の松やいづくとふる雪にながめもしらぬ遠つ嶋人

水郷寒蘆

蘆（あし）の葉も下をれはてて三嶋江の入江は月の影もさはらず

湖上千鳥

にほの海や月待（まつ）浦のさよ千鳥何（いづれ）の嶋をさしてなくらん

寒夜水鳥

おきとめず松を嵐の拂夜は鴨の青羽の霜ぞかさなる

歳暮澗氷

今幾日（いくか）打出る波のはつ花も谷の氷の下に行らん

戀廿首

初尋縁戀

思ひあまり其里人に事とはむおなじ岡邊の松は見ゆやと

聞聲忍戀

秋の霜にうつろふ花の名ばかりもかけずよ蟲の鳴音ならでは

忍親昵戀

めも春にもえては見えじ紫の色こき野邊の草木なりとも

祈不逢戀

行かへりあふ瀬もしらぬ御祓（みそぎ）川かなしき事は數まさりつゝ

旅宿逢戀

立田山木の葉の下のかり枕かはすもあだに露こぼれつゝ

兼厭曉戀

今夜（こよひ）だにくらぶの山に宿もがな曉しらぬ夢や覺ぬと

歸無書戀

朝露は篠わけし袖にほしかねて夢かうつゝかとふ人もなし

遇不逢戀

よそ人は何中〳〵の夢ならでやみのうつゝの見えぬ面影

契經年戀

秋かけて降り敷木葉（しくこのは）幾かへりむなしき春の色にもゆらん

疑眞僞戀

たがまこと世の僞のいかならんたのまれぬべき筆の跡かな

返事增戀

打なびき煙くらべにもえまさる思ひの薪（たきぎ）身もこがれつゝ

被厭賤戀
色に出ていひなしをりそ樱戸の明(あけ)ながらなる春の袂を

途中契戀
道のべの井手の下帯引むすび忘れはつらん初草の露

從門歸戀
思ひやれ葎の門のさしながらきて歸るさの露の衣手

忘住所戀
いかにせむたのめしさとを住の江の岸に生(おふ)てふ草にまがへて

依戀祈身
ながらへよあらばあふせと手向して年の緒いのる森のしめ繩

隔遠路戀
わたつみや幾浦々にみつしほの見らくすくなき中の通路(かよひぢ)

借人名戀
かりそめの誰なのりそになびくらん我身のかたはたえぬ煙を

絶不知戀
あふひ草人のかざしかとばかりも名をだにかけて問人もなし

互恨絶戀
もしほ草海士(あま)のすさびもかきたえぬ里のしるべの心くらべに

雑廿首

曉更寢覺

明やらぬ鳥の音ふかくおく霜に寢覺くるしき世々の古事

薄暮松風

樹（うゑ）おきし我物からの庭の松夕は風の聲ぞくるしき

雨中緑竹

色かへぬ青葉の竹のうきふしに身をしる雨の哀世中

浪洗石苔

はやせ河岩打波の白妙に苔のみどりの色ぞつれなき

高山待月

比叡の山峯の木がらし拂夜は心きよくも月を待哉

山中瀧水

雲ふかきあたりの山につゝまれて音のみ落る瀧の白玉

河水流清

秋の水清瀧川の夕日影木葉も浮かず曇る計は

春秋野遊

おなじ野の霞も霧もわけ侘ぬ子日（ねのひ）の小松まつ蟲のこゑ

關路行客

行人の形見もあだにおく露をはらひなはてそ關の秋風

山家夕嵐

暮かゝる四方の草木の山かぜにおのれしをるゝ柴の袖がき

山家人稀

古郷を忍ぶる人やわたしけんさても問れぬ谷の梯(かけはし)

海路眺望

知るらめやたゆたふ舟の波間より見ゆる小嶋の本の心を

月羇中友

夕月夜宿かりそめし影ながら幾有明の友となるらん

旅宿夜雨

旅衣ぬぐや玉の緒夜の雨は袖にみだれて夢もむすばず

海邊曉雲

明ぬとて泊漕(とまりこぎ)出る友舟の星のまぎれに雲ぞわかるゝ

寄夢無常

まどろめばいやはかななる夢の中に身は幾世とて覺ぬなげきぞ

寄草述懐

引捨るためしもかなしかきつめしおどろの道の本の朽葉は

寄木述懐

九重のとのへの樗(あふち)忘るなよ六十(むそぢ)の友は朽てやみぬと

逐日懐舊

天の戸の明る日毎にしのぶとて知らぬ昔はたちもかへらず

社頭祝言

祈(いのる)より神もさこそはねがふらめ君あきらかに民やすくとは

四季題百首、花

大方にいとひなれたる夏の日のくるるもをしき撫子(なでしこ)の花

やまがつのかきねにこむる梅の花としのこなたにまづ匂ひつ、

返しの文「藤川百首」が出来上がった時、早速、金吾を呼んでこれを見せた。遠島の院との歌のやり取り等について、それまで話していなかったことも全て詳細を語った。そして、但し、このことは時が来るまで伏せておくように、歌の宗家としてのわが御子左流藤原家をくれぐれも守っていくようにということを繰り返し付け加えることも忘れなかった。

まず、百首を例の如く四季に分ける。五行説に則って百首を全てつないだものを金吾の前に広げた。

そして、真ん中に何か浮かんでこぬかと父は目を細めて尋ねた。

金吾は、しばし、それを穴があくほどみつめ、「内裏があります。宮中の紫宸殿に帝がお立ちになられると左手に桜の木、右手に橘の木を御覧になることになります。苔（の衣を着はった）と菊（の御

紋章）が後鳥羽院を暗示しておりますの

「そうや、その通り」指さしながら言う。（P183参照）

「桜は春。橘は夏。菊は秋。苔は冬。右回りに四季があり、歳月を意味してるんじゃよ」

「父上、恐れ入りまする」金吾は、感じるところがあったのか、涙で顔を濡らしていた。それに気がつかないふりをして定家は、とぼけた風に続けた。

「ほんで、わしの百人一首の『たつみ（東南）』に対して院は遠島百首で『あなし（北西）』と持ってきはったから、こたびは『四方（よも）（東西南北）』としたんや。『四方の風』ふかせてもろうて日の本の国津々浦々をお守りいただこう思うてじゃ。わしの立ち位置には『松の風』『（四方の）風を待つ』の歌を入れてみたのじゃ」

「なるほど、そういうことでおじゃりまするか」

「父上、院の遠島百首左肩の歌に対する返歌が左下二首にきているんですね。遠島百首の中に詠まれている『鏡』に応えるものがここでは『水』ということでござりまするか」（P182・183参照）

「そういうことになるなあ。この二首は百人一首の『紅葉』の歌をも受けておるんじゃ」

定家は三つの歌集のそれぞれの贈答歌を全部並べてみた。

百人一首（定家より院へ）

　このたびは幣もとりあへず手向山もみぢの錦神のまにまに

小倉山峰のもみぢば心あらばいまひとたびのみゆき待たなむ

遠島百首（院より定家へ）

しほかぜにこゝろもいとゞみだれあしのほにいでゝなけどとふ人もなし

とにかくに人のこゝろもみえはてぬうきやのもりのかゞみなるらん

藤川百首（定家より院へ）

紅葉移水

山川の時雨て晴る紅葉ばにをられぬ水も色まさりつゝ

山中紅葉

山めぐり時雨るおくの紅葉ばのいく千しほとかこがれはつらん

百人一首の「もみぢば」遠島百首の「鏡に映る人の心」を受けて、行幸（みゆき）をお待ち申し上げる気持ちを「山川の水（鏡）に映る時雨る紅葉ば」に喩えて詠んだのじゃ。

また、歌中の「時雨（て）」「時雨る」は、遠島百首中の「見し世にもあらぬたもとをあはれとやおのれしほれてとふしぐれ哉」の「しぐれ」にもお応えしているのじゃ。

「父上、それで小倉山の山荘を時雨亭と呼んでいるのですね」金吾の声に力が増した。

「そうや」定家は一瞬、嬉しそうな顔をした。

「あと二組、贈答歌になっているところを探してみいよし」

金吾は、しばし、頭を垂れて考え込んでいた。それから明るい表情で顔を上げた。

「父上、よろしおすか。まず、一組目は遠島百首の右下から三段上の歌です。

われこそはにひじま守よ隠岐の海のあらきなみかぜ心してふけ

これに対して藤川百首の右下から五段上の歌。

樹おきし我物からの庭の松夕は風の聲ぞくるしき　薄暮松風

もう一組は遠島百首の左上から三段下の歌。

見し世にもあらぬたもとをあはれとやおのれしほれてとふしぐれ哉

これを受けて返した歌が、藤川百首右上から五段下の歌どす

松風の聲もそなたになびくらんか丶れる藤の末もみだれず」　藤花随風

「うむ。そうや。それから、この冬の歌の中から、それらしきことばを拾い、それらをつなぐと、詩

になっていることに気づきはったかな」（P188参照）

いたずらっぽい笑顔を浮かべながら父は言う。金吾は、困惑した表情を浮かべた。

「うーん、あきまへん」

「すぐにはな。わしがことばを拾っていくから、それらをつないでみはったらどうえ」

一段「時雨」「けふ」「音信」「神」「月」「人」「しら」「待」「鳥」「おき」「松」「羽」「中」「わたつみ（海神）」「す」

二段「天」「知ら」「昔」「嶋」「海邊」「松」「遠つ嶋人」「鳥」「くるしき」「事」「上」「月」「待」

三段「むかし」「人」「今日」「葉」「下」「苔」「雨」「中」「哀」「嶋」「月」

四段「中」「雲」「下」「す」「かなし」「葉」「いかにせむ」

五段「苔」「下」「しら」「御」「かなしき事」「上」「雲」「袖」（御→ご）

「これらのことばをつないでみいよし」

一時半ばかり、金吾は考え込んでいた。そして、次のように読み上げた。

「時雨」「音信」

「昔」（「むかし」）「雲」の「上」「天（あめ）」の「下」「しら」「す」「ご」「鳥」「羽」（「葉」）「神」の「今日」（「けふ」）「おき」の「嶋」の「中」「海邊」に「待」（「松」）「苔」の「袖」の「遠つ嶋人」「天」「しら」「す」「哀」「くるしき」「事」「かなしき事」「いかにせむ」

通して読むと↓昔雲の上天の下知らす後鳥羽神の　今日隠岐の島の中海辺に待つ苔の袖の遠つ嶋人
天知らす　哀れ苦しき事かなしき事　いかにせむ

〈意〉昔は、宮中で天下を統治なさった『後鳥羽神』で、今日は、隠岐の島の中、海辺で（迎えを）待つ出家姿の『遠つ嶋人』が昇天なさる。ああ、何とおいたわしく、つらく苦しく悲しいことだ。これをどうしようか、どうすることもできない。

「そうや、ようでけたな」

「父上、『月』だけが残ったんですが」

「そうや。お月はんは、後鳥羽院がお召になる天海の御舟を表しているんじゃ」

「それからな。院が御文の中で島のお暮らしの中で墨染の袖の衣と行事の無さをお嘆きになっていたからな。この中に着物のかさね色目と宮中行事を連想させることばを仰山織りこんでもみたのじゃ。金吾、春の枠の中から、かさね色目をひろってみぃよし」

「うめ・こう・おうち・さくら・みる・やなぎ・ふじ・くちなし・こおり・まつ」

「そうや。それから行事は、全体で見ると、四方→四方拝（一月一日）・若菜→人日の節句（一月七日）・あやめ→端午の節句（五月五日）・天河→七夕（七月七日）・菊→重陽の節句（九月九日）・御禊→大祓（六月と十二月の晦日）となるんや」

「うーん」金吾が、ついに感嘆とも観念したともつかぬ呻（うめ）き声を上げた。

注・かさね色目→着物の表裏の配色　例「うめ」（表）濃い紅（裏）紅梅

四方拝→元旦に天皇が宮中の清涼殿東庭で四方の神霊を拝し、国家の平安、国民の幸福を祈る。

「それはそうと、百人一首の辰己の歌の位置から一段上の位置に来る藤川百首の歌をもう一度見てほしい」

藤花随風

松風の聲もそなたになびくらんかゝれる藤の末もみだれず

「この歌にわしは天皇の御代がとこしなえに栄えてほしい、当家もそれに付き従いたいという願いをこめたんじゃ。藤原家のご先祖様は二百年もの間天皇家の外戚でもあらしゃったのじゃ。わが藤原家も天皇の御代とともに、とこしなえに続いていってほしいもの」

「実は、藤川百首は百二首あるんじゃ。『春』二十首・『夏』十首・『秋』二十首・『冬』十首・『戀』二十首・『雑』二十首とあるが、実際に数えると、『雑』が二十二首ある。『戀』『雑』を四季に割り入れて、縦・横十首に並べる際、省いた二首のうちの一首は、この歌なんじゃ」


祈より神もさこそはねがふらめ君あきらかに民やすくとは

「この歌にも、わしは、天皇家の繁栄が後の世にも続き、民を安らかにしてほしいという思いをこめたのじゃよ」

「ほれから、言うてなかったが、もうひとつ、正統な皇統が昔から今まで脈々と続いてきたことを、わしは百人一首の中でも歴代天皇をご登場願って示したんじゃ」

「まず、第三十八代天智天皇。それから、第四十一代持統天皇。第五十七代陽成院。第五十八代光孝天皇。第六十七代三条院。それから、第七十五代崇徳天皇。表面には出てこないが、第八十一代安徳天皇も。そして第八十二代後鳥羽院。第八十四代順徳院。となぁ。天皇家の流れが感じられますやろ」

藤川百首から二首除いたと先ほど言ったが、よく見てもらうと、全体に別の二首の主なことばが入っている。その二首は新古今和歌集中の御製「思ひ出づる折りたく柴の夕煙むせぶもうれし忘れ形見に」と例のわしの歌「道のべの野原の柳したもえぬあはれ嘆きのけぶりくらべに」である。

承久二年、この歌がもとで、わしは勅勘を被った。しかし、その不名誉は子孫の代には晴れるだろう。百人一首、遠島百首、藤川百首が、後の世の人々に歴史のまことを伝えてくれるに違いない。

遠島百首（院より定家へ）

すみそめのそてのこ ほりにはるたちて ありしにもあらぬな かめをそする

ねせりつむのさはの みつのうすこほり またうちとけぬはる かせそふく

ふるゆきにのもりの いほもあれはてて わかなつまんとたれ にとはまし

いにしへのちきりも むなしすみよしや わかかたそきのかみ とたのめと

ももちとりさへつる そらはかはらねと わかみのはるそあら たまりぬる

おきのうみをひとり やきつるさよちとり なくねにまかふいそ のまつかせ

ゆふつくよいりえに しほやみちぬらむ あしのうらはにたつ のもろこゑ

かもめなくいりえの しほのみつなへに あしのうははをあら ふしらなみ

しほかせにこころも いととみたれあしの ほにいててなけとと ふひともなし

とにかくにひとのこ ころもみえはてぬ うきやのもりのかか みなるらん

すみそめのそてもあ やなくにほふかな はなふきみたるはる のゆふかせ

ちるはなにせせのい はまやせかるらむ さくらにいつるはる のやまかは

もえいつるみねのさ わらひゆききえて をりすきにけるはる そしらるる

とほやまちいくへも かすめさらすとて をちかたひとのとふ もなけれは

さとひとのすそのの ゆきをふみわけて たたわかためとわか なつむころ

しもかれのをはなふ みわけゆくしかの こゑこそきかねあと はみえけり

けさみれはほとけの あかにつむはなも いつれなるらむゆき のうもれき

かそふれはとしのく るるはしらるれと ゆきかくほとのいと なみはなし

もしほやくあまのた くなはうちはへて くるしとたにもいふ かたそなき

とはるるもうれしく もなしこのうみを わたらぬひとのなみ のなさけは

はるさめもはなのと たえそそてにもる さくらつつきのやま のしたみち

おのれのみおふるは るにもとおもふにも みねのさくらのいろ そものうき

はるさめにやまたの くろをゆくしつの みのふきかへすくれ そさひしき

とけにけりもみちを とちしやまかはの またみつくくるはる のくれなゐ

なひかすはまたもや かみにたのむへき おもへはかなしわか のうらなみ

そめのこしうらみし やまもほともなく またしもかれのかせ おろすかな

おくやまのふすゐの とこやあれぬへし かるももたえぬゆき のしるしき

ふゆこもりさひしさ おもふあさなあさな つまきのみちをうつ むしらゆき

ひとこころうしとも いはしむかしより くるまをくたくみち にたとへき

みしよにもあらぬた もとをあはれとや おのれしほれてとふ しくれかな

かきりあれはかきね のくさもはるにあひぬ つれなきものはこけ ふかきそて

ものおもふにすくる つきひはしらねとも はるやくれぬるきし のやまふき

やとからむかたのの みのかりころも ひもゆふくれのはな のしたかけ

なかむれはいとう らみもますけおふる をかへのをたをかへ すゆふくれ

すきにけるとしつき さへそうらめしき いましもかかるもの おもふみは

ふゆくれはにはのよ もきもしもかれて くちはのうへにつき そさひゆく

ちりしけるにしきは これもたえぬへし もみちふみわけかへ るやまひと

やまかせのつもれは やかてふきたてて ふれとたまらぬみね のしらゆき

さなからやほとけに はなとをらせまし しきみのえたにつも るしらゆき

おのつからとひかほ なりしをきのはも かれかれにふくかせ のさむけさ

うらやましなかきひ かけのはるにあひて いせをのあまもそて やほすらむ

かすみゆくたかねを いつるあさひかけ さすかにはるのいろ をみるかな

はれやらぬみのうき くもをいとふまに わかよのつきのかけ やふけぬる

なかむれはつきやは ありしつきならぬ うきみひとつそもと のはるなき

かきりあれはかやか のきはのつきもみつ しらぬはひとのゆく すゑのそら

かみなつきしくれと ひわけゆくかりの つはさふきほすみね のこからし

こそよりはにはのも みちのふかきかな なみたやいととしく れそふらむ

たつたやままよふこ のはのゆかりとて ゆふつけとりにこか らしのかせ

おもふひとさてもこ ころやなくさむと みやことりたにあら はとはまし

ことつてむみやこま てもしさそはれは あなしのかせにまか ふむらくも

なにはえやあまのた くなはたきわひて けふりかかめるさみ たれのころ

さみたれにみやきも いまやくたすらん まきたつみねにかか るむらくも

さみたれにいけのみ きはやまさるらむ はすのうきはをこゆ るしらなみ

くれたけのはすゑか たよりふるあめに あつさひまあるみな つきのころ

あはれにもほのかに たたくくひなかな おいのねさめのあか つきのそら

あはれなりたかつら とてかはつかりの ねさめのとこになみ たそふらむ

のをそむるかりのな みたはいろもなし ものおもふつゆのお きのさとには

みほのうらのつきと ともにやいてぬらむ おきのとやまにふく るかりかね

はれよかしうきなを われにわきもこか かつらきやまのみね のあさきり

かたしきのこけのこ ろものうすけれは あさけのかせもそて にたまらす

ゆふすすみあしのは みたれよるなみに ほたるかすそふあま のいさりひ

ゆふたちのはれゆく そらのくもまより いりひすすしきつゆ のたまささ

なみまわけおきのみ なとにゆくふねの われそこかるるたへ ぬおもひに

おなしよにまたすみ のえのつきやみむ けふこそよそのおき のしまもり

なにとなくむかしか たりにそてぬれて ひとりぬるよもつら きかねかな

とへかしなくものう へよりこしかりも ひとりともなきうら になくねを

いかにせむくすはふ まつのときのまも うらみてふかぬあき かせそなき

いたつらにみやこへ たつるつきひとや なほあきかせのおと そみにしむ

おなしくはきりのお ちはもちりしくな はらふひとなきあき のまかきに

ぬれてほすやまちの きくもあるものを こけのたもとはかは くまそなき

われこそはにひしま もりよおきのうみの あらきなみかせここ ろしてふけ

したくゆるむかひの もりのかやりひに おもひもえそひゆく ほたるかな

たとふへきむろのや しまもとほけれは おもひのけふりいか かまかへむ

とにかくにつらきは おきのしまつとり うきをはおのかなに やこたへむ

うしとたにいはなみ たかきよしのかは よしやよのなかおも ひすててき

よもすからなくやあ さちのきりきりす はかなくくるるあき をうらみて

あかつきのゆめをは かなみまとろめは いやはかななるまつ かせそふく

ふるさとをわかれち におふるくすのはの かせはふけともかへ るよもなし

ひにそひてしけりそ まさるあをつつら くるひとなしのまき のいたとに

をかのへのこのまに みゆるまきのとに たえたえかかるつた のあきかせ

ふるさとをしのふの のきにかせすきて こけのたもとににほ ふたちはな

ふるさとのこけのい ははしいかならむ おのれあれてもこひ わたるかな

さととほみきねかか くらのおとすみて おのれもふくるまと のともしひ

なかきよをなかなか あかすともとてや ゆふつけとりのこゑ そまちかき

いまはとてそむきは てぬるよのなかに なにとかたらふやま ほとときす

よのつねのくさはの つゆにしほれつつ ものおもふあきとた れかいひけむ

おきわひぬきえなは きえねつゆのいのち あらはあふよをまつ となけれと

おもひやれいととな みたもふるさとの あれたるにはのあき のしらつゆ

ふるさとのひとむら すすきいかはかり しけきのはらとむし のなくらむ

やまもとのさとのし るへのうすもみち よそにもをしきゆふ あらしかな

あやめふくかやかの きはにかせすきて しとろにおつるむら さめのつゆ

くれかかるやまたの さなへあめすきて とりあへすなくほと ときすかな

たをやめのそてうち はらふむらさめに とるやさなへのこゑ いそくらむ

みるからにかたへす すしきなつころも ひもゆふくれのやま となてしこ

けふとてやおほみや ひとのかへつらむ むかしかたりのなつ ころもかな

あきされはいととお もひをましはかる このさとひともそて やつゆけき

さきかかるやました みちもまよふまて たまぬきみたるはき のあさつゆ

なきまさるわかなみ たにやいろかはる ものおもふやとのに はのむらはき

たのめこしひとのこ ころはあきふけて よもきかそまにうつ らなくこゑ

おもひやれましはの とほそおしあけて ひとりなかむるあき のゆふへを

藤川百首から遠島百首（定家より院へ）

梅薫夜風　にほひくる枕にさむき梅が香にくらき雨夜の星やいづらん	海邊曉雲　明ぬとて泊漕出る友舟の星のまぎれに雲ぞわかるゝ	船中暮春　今日は猶霞をしのぐ友舟の春のさかひを忘れずもがな	寄木述懐　九重のとのへの樗忘るなよ六十の友は朽てやみぬと	雨中待花　今日よりや木のめも春の櫻ばなおやのいさめの春雨の空	初冬時雨　けふそへにさこそ時雨の音信て神無月とは人にしられめ	高山待月　比叡の山峯の木がらし拂夜は心きよくも月を待哉	寒夜水鳥　おきとめず松を嵐の拂夜は鴨の青羽の霜ぞかさなる	月靄中友　夕月夜宿かりそめし影ながら幾有明の友となるらん	隔遠路戀　わたつみや幾浦々にみつしほの見らくすくなき中の通路
暁庭落花　あかなくにおのがきぬぎぬ吹風に苔のみどりも花ぞわかるゝ	山路梅花　色も香もしらではこえじ梅の花にほふ春べの明ぼのの山	野花留人　玉きはる浮世忘て咲花の散ずは千代も野邊の諸人	忍親昵戀　めも春にもえては見えじ紫の色こき野邊の草木なりとも	被厭賤戀　色に出ていひなしをりそ櫻戸の明ながらなる春の袂を	逐日懷舊　天の戸の明る日毎にしのぶとて知らぬ昔はたちもかへらず	海路眺望　知るらめやたゆたふ舟の波間より見ゆる小嶋の本の心を	海邊松雪　住吉の松やいづくとふる雪にながめもしらぬ遠つ嶋人	曉更寢覺　明やらぬ鳥の音ふかくおく霜に寢覺くるしき世々の古事	湖上千鳥　にほの海や月待浦のさよ千鳥何の嶋をさしてなくらん
湖上朝霞　朝ぼらけみるめなぎさの八重霞えやは吹とく志賀の浦かぜ	霞隔遠樹　三輪の山先里かすむ泊瀬川いかにあひ見ん二本の杉	水邊古柳　年月も移りにけりな柳かげ水行河のすゑの世の春	契經年戀　秋かけて降り敷木葉幾かへりむなしき春の色にもゆらん	野外殘雪　春日野は昨日の雪のきえがてにふりはへいづる袖ぞ數そふ	古寺初雪　むかしべや何山姫の布さらす跡ふりまがへ積る初雪	庭雪厭人　我門は今日こむ人に忘られね雪の心に庭をまかせて	霜埋落葉　朝霜の庭の紅葉は思しれおのが下なる苔の心を	雨中緑竹　色かへぬ青葉の竹のうきふしに身をしる雨の哀世中	水郷寒蘆　蘆の葉も下をれはてて三嶋江の入江は月の影もさはらず
深夜歸鴈　春の夜の八聲の鳥も鳴ぬまに田面の鴈のいそぎ立らん	關路早春　たのみこし關の藤河春來ても深き霞に下むせびつゝ	四季題百首、花　やまがつのかきねにこむる梅の花としのこなたにまづ匂ひつゝ	橋邊款冬　橋柱色に出けることのはをいはでぞ匂ふ款冬の花	田邊若菜　小山田の氷に殘るあぜづたひみどりの若菜色ぞすくなき	山中瀧水　雲ふかきあたりの山につゝまれて音のみ落る瀧の白玉	途中契戀　道のべの井手の下帶引むすび忘れはつらん初草の露	寄草述懐　引捨るためしもかなしかきつめしおどろの道の本の朽葉は	疑眞僞戀　たがまこと世の僞のいかならんたのまれぬべき筆の跡かな	忘住所戀　いかにせむたのめしさとを住の江の岸に生てふ草にまがへて
藤花隨風　松風の聲もそなたになびくらんかゝれる藤の末もみだれず	霧中聞鶯　都出て遠山ずりのかり衣鳴音友なへ谷のうぐひす	隣家竹鶯　山がつの園生に近くふしなれて我竹がほにいこふうぐひす	古郷夕花　里はあれぬ庭の櫻もふりはててたそがれ時を問人もなし	遠望山花　色まがふ誠の雲やまじるらん比は櫻の四方の山の端	浪洗石苔　はやせ河岩打波の白妙に苔のみどりの色ぞつれなき	歳暮澗氷　今幾日打出る波のはつ花も谷の氷の下に行らん	祈不逢戀　行かへりあふ瀬もしらぬ御祓川かなしき事は數まさりつゝ	屋上聞霰　眞木の屋に霰の音もとだえつゝ風の行末になびく村雲	山家夕嵐　暮かゝる四方の草木の山かぜにおのれしをるゝ柴の袖がき
薄暮松風　樹おきし我物からの庭の松夕は風の聲ぞくるしき	山家時鳥　此里は待も待ずも時鳥山飛こゆるたよりすぐすな	初尋縁戀　思ひあまり其里人に事とはむおなじ岡邊の松は見ゆやと	卯花隱路　卯の花の枝もたわゝの露を見よとはれし道の昔がたりは	盧橘驚夢　袖の香は花たちばなに殘れどもたえて常なき夢の面影	河邊菊花　大井川ゐせきの浪の花の色をうつろひ捨る岸の白菊	海上待月　淡路嶋秋なき花をかざしもて出るもおそしいさよひの月	關路惜月　逢坂は歸りこん日をたのみても空行月の關守ぞなき	松間夜月　袖近き色や緑の松風にぬるゝがほなる月ぞすくなき	山家初鴈　秋風の雲にまじれる峯越て外山のさとに鴈はきにけり
行路夕立　夕立に袖もしをるゝかり衣かつうつり行遠かたの雲	初聞時鳥　昨日こそ霞たちしか時鳥又打はぶき去年のふる聲	山家人稀　古郷を忍ぶる人やわたしけんさても問れぬ谷の梯	澗底螢火　日影見ず咲てとく散る色もなし谷は螢ぞひかり成ける	四季題百首、花　大方にいとひなれたる夏の日のくるるもをしき撫子の花	河水流清　秋の水清瀧川の夕日影木葉も浮かず曇る計は	江邊曉荻　あけわたる荻の末葉のほのぼのと月の入江を出る舟人	關路行客　行人の形見もあだにおく露をはらひなはてそ關の秋風	秋風滿野　宮木野の木下露もほしはてで拂もやらぬ四方の秋風	從門歸戀　思ひやれ葎の門のさしながらきて歸るさの露の衣手
借人名戀　かりそめの誰なのりそになびくらん我身のかたはたえぬ煙を	返事増戀　打なびき煙くらべにもえまさる思ひの薪身もこがれつゝ	互恨絶戀　もしほ草海士のすさびもかきたえぬ里のしるべの心くらべに	絶不知戀　あふひ草人のかざしかとばかりも名をだにかけて問人もなし	池朝菖蒲　あくるより今日引あやめ池水におのが五月ぞなれてわかるゝ	獨惜暮秋　また人の問ぬもうれし草木だになれてはをしき秋のわかれを	初秋朝風　秋來ぬといふ計なる蓬生に朝けの風の心がはりよ	露底槿花　秋風の上葉にためぬ白露をしぼらでひたす槿の花	草露映月　武藏野につらぬきとめぬ白露の草はみながら月ぞこぼるゝ	野亭夕萩　秋萩に玉ぬく野邊の夕露をよしやみださで宿ながら見ん
野夕夏草　あだし野のをがやが下葉たがために亂そめたる暮を待らん	閑居蚊遣　こがるとて煙も見えじ時しらぬ竹のは山のおくの蚊遣火	華厭曉戀　今夜だにくらぶの山に宿もがな曉しらぬ夢や覺ぬと	歸無書戀　朝露は篠わけし袖にほしかねて夢かうつゝかとふ人もなし	森五月雨　侘人のほさぬためしや五月雨の雫にくたす衣手の森	深山見月　花ならでいたくな侘そとばかりも太山の月を人やとはまし	鹿聲夜友　山ざとの竹より外の我友は夜鳴鹿の庭の草ふし	聞聲忍戀　秋の霜にうつろふ花の名ばかりもかけずよ蟲の鳴音ならでは	田家擣衣　露霜のおくての山田吹風のもよほすかたに衣擣也	閏月七夕　天河文月は名のみかさなれど雲の衣やよそにぬるらむ
旅宿逢戀　立田山木の葉の下のかり枕かはすもあだに露こぼれつゝ	遇不逢戀　よそ人は何中何中の夢ならでやみのうつゝの見えぬ面影	寄夢無常　まどろめばいやはかなる夢の中に身は幾世とて覺ぬなげきぞ	旅宿夜雨　旅衣ぬぐや玉の緒夜の雨は袖にみだれて夢もむすばず	依戀祈身　ながらへよあらばあふせと手向して年の緒いのる森のしめ縄	古渡秋霧　夕霧にこととひ侘ぬ角田川我友舟は有やなしやと	春秋野遊　おなじ野の霞も霧もわけ侘ぬ子日の小松まつ蟲のこゑ	籬下聞蟲　みだれおつる萩のまがきの下露に涙色ある松蟲の聲	紅葉移水　山川の時雨て晴る紅葉ばにをられぬ水も色まさりつゝ	山中紅葉　山めぐり時雨るおくの紅葉ばのいく千しほとかこがれはつらん

つながった「藤川百首」

梅薫夜風
にほひくる枕にさむき梅が香にくらき雨夜の星やいづらん

風

曉庭落花
あかなくにおのがきぬぎぬ吹風に苔のみどりも花ぞわかるゝ

吹　風・かぜ

湖上朝霞
朝ぼらけみるめなぎさの八重霞えやは吹とく志賀の浦かぜ

八

深夜歸鴈
春の夜の八聲の鳥も鳴ぬまに田面の鴈のいそぎ立らん

聲　らん

藤花隨風
松風の聲もそなたになびくらんかゝれる藤の末もみだれず

松　風　聲

星　いづ・出る
花
みる・見　霞・かすむ
深・深き　鳴・むせび
聲・音

海邊曉雲
明ぬとて泊漕出る友舟の星のまぎれに雲ぞわかるゝ

明

山路梅花
色も香もしらではこえじ梅の花にほふ春べの明ぼのの山

山

霞隔遠樹
三輪の山先里かすむ泊瀬川いかにあひ見ん二本の杉

かすむ・霞　川・河

關路早春
たのみこし關の藤河春來ても深き霞に下むせびつゝ

むせび・鳴

羇中聞鶯
都出て遠山ずりのかり衣鳴音友なへ谷のうぐひす

山

友舟
花
川・河
つゝ
山　うぐひす

船中暮春
今日は猶霞をしのぐ友舟の春のさかひを忘れずもがな

忘れ・忘

野花留人
玉きはる浮世忘て咲花の散ずは千代も野邊の諸人

世

水邊古柳
年月も移りにけりな柳かげ水行河のすゑの世の春

年・とし

四季題百首、花
やまがつのかきねにこむる梅の花としのこなたにまづ匂ひつゝ

やまがつ・山がつ

隣家竹鶯
山がつの園生に近くふしなれて我竹がほにいこふうぐひす

山がつ・里人

友　忘れ・忘る
野邊
年
花　匂ひ・匂ふ
園生・庭

寄木述懐
九重のとのへの樗忘るなよ六十の友は朽てやみぬと

木

忍親昵戀
めも春にもえては見えじ紫の色こき野邊の草木なりとも

もえ・もゆ　色　木

契經年戀
秋かけて降り敷木葉幾かへりむなしき春の色にもゆらん

葉・は　色

橋邊款冬
橋柱色に出けることのはをいはでぞ匂ふ款冬の花

冬・なし　花・櫻

古郷夕花
里はあれぬ庭の櫻もふりはててたそがれ時を問人もなし

櫻・花　問・とは

木
色　なり・なる
降り・ふり
色
櫻

雨中待花
今日よりや木のめも春の櫻ばなおやのいさめの春雨の空

櫻

被厭賤戀
色に出ていひなしをりそ櫻戸の明ながらなる春の袂を

出・いづる　袂・袖

野外殘雪
春日野は昨日の雪のきえがてにふりはへいづる袖ぞ數そふ

殘・殘る

田邊若菜
小山田の氷に殘るあぜづたひみどりの若菜色ぞすくなき

山　色

遠望山花
色まがふ誠の雲やまじるらん比は櫻の四方の山の端

櫻・花

今日・けふ　雨
戸　明・明る
雪　ふり
山
色

初冬時雨
けふそへにさこそ時雨の音信て神無月とは人にしられめ

しら・知ら

逐日懐舊
天の戸の明る日毎にしのぶとて知らぬ昔はたちもかへらず

昔・むかし

古寺初雪
むかしべや何山姫の布さらす跡ふりまがへ積る初雪

山

山中瀧水
雲ふかきあたりの山につゝまれて音のみ落る瀧の白玉

白

浪洗石苔
はやせ河岩打波の白妙に苔のみどりの色ぞつれなき

河・川　波・浪　白　色

月
知ら・知る
雪
白玉・露
打　波

高山待月
比叡の山峯の木がらし拂夜は心きよくも月を待哉

心

海路眺望
知るらめやたゆたふ舟の波間より見ゆる小嶋の本の心を

心

庭雪厭人
我門は今日こむ人に忘られね雪の心に庭をまかせて

忘ら・忘れ

途中契戀
道のべの井手の下帶引むすび忘れはつらん初草の露

下　はつ　初・はつ　らん

歳暮澗氷
今幾日打出る波のはつ花も谷の氷の下に行らん

出る　花

拂夜　待・松
眺・ながめ　知る・しら　嶋
心　庭
道　引　草
行

寒夜水鳥
おきとめず松を嵐の拂夜は鴨の青羽の霜ぞかさなる

松

海邊松雪
住吉の松やいづくとふる雪にながめもしらぬ遠つ嶋人

しら・しれ

霜埋落葉
朝霜の庭の紅葉は思しれおのが下なる苔の心を

葉

寄草述懐
引捨るためしもかなしかきつめしおどろの道の本の朽葉は

かなし・かなしき

祈不逢戀
行かへりあふ瀬もしらぬ御祓川かなしき事は數まさりつゝ

行　かへり・歸り　あふ・逢

夜
ふる・古
葉　しれ・しる
本・まこと
行　つゝ

月羇中友
夕月夜宿かりそめし影ながら幾有明の友となるらん

夜・世　明

曉更寢覺
明やらぬ鳥の音ふかくおく霜に寢覺くるしき世々の古事

世

雨中緑竹
色かへぬ青葉の竹のうきふしに身をしる雨の哀世中

世

疑眞僞戀
たがまこと世の僞のいかならんたのまれぬべき筆の跡かな

まこと・眞

屋上聞霰
眞木の屋に霰の音もとだえつゝ風の行末になびく村雲

風

中　幾
鳥　世・よ
葉
いかなら・いかに　たのま・たのめ
木　風・かぜ

隔遠路戀
わたつみや幾浦々にみつしほの見らくすくなき中の通路

わたつみ・海　浦

湖上千鳥
にほの海や月待浦のさよ千鳥何の嶋をさしてなくらん

月　嶋

水郷寒蘆
蘆の葉も下をれはてて三嶋江の入江は月の影もさはらず

郷・さと　江

忘住所戀
いかにせむたのめしさとを住の江の岸に生てふ草にまがへて

草

山家夕嵐
暮かゝる四方の草木の山かぜにおのれしをるゝ柴の袖がき

山・峯　山　かぜ・風

松・風・聲	**薄暮松風** 植おきし我物からの庭の松夕は風の聲ぞくるしき	夕	**行路夕立** 夕立に袖もしをるゝかり衣かつうつり行遠かたの雲	かり・かた	**借人名戀** かりそめの誰なのりそになびくらん我身のかたはたえぬ煙を	そめ・誰・た・らん	**野夕夏草** あだし野のをがやが下葉たがために乱そめたる暮を待らん	あだ・下・葉	**旅宿逢戀** 立田山木の葉の下のかり枕かはすもあだに露こぼれつゝ
	松・待		立・たち		なびく・なびき　身　煙		葉・は		つゝ
山	**山家時鳥** 杣里は待も待ずも時鳥山飛こゆるたよりすぐすな	時鳥	**初聞時鳥** 昨日こそ霞たちしか時鳥又打はぶき去年のふる聲	打	**返事増戀** 打なびき煙くらべにもえまさる思ひの薪身もこがれつゝ	煙　こがれ・こがる	**閑居蚊遣** こがるとて煙も見えじ時しらぬ竹のは山のおくの蚊遣火	見え	**遇不逢戀** よそ人は何中何中の夢ならでやみのうつゝの見えぬ面影
	里　待・松		ふる・古		くらべ		しらぬ　山		中　夢
山がつ・里人	**初尋縁戀** 思ひあまり其里人に事とはむおなじ岡邊の松は見ゆやと	里・郷　人　とは・問	**山家人稀** 古郷を忍ぶる人やわたしけんさても問れぬ谷の柴	郷・里	**互恨絶戀** もしほ草海士のすさびもかきたえぬ里のしるべのふくらべに	くらべ・くらぶ	**兼厭曉戀** 今夜だにくらぶの山に宿もがな曉しらぬ夢や覚ぬと	夜・世　夢　覚ぬ	**寄夢無常** まどろめばいやはかななる夢の中に身は幾世とて覚ぬなげきぞ
	とは　見(ゆ)・見(よ)		谷		草　たえ・絶		夢		夢　世・夜
櫻・花　問・とは	**卯花隱路** 卯の花の枝もたわゝの露を見よとはれし道の昔がたりは	見よ・見	**澗底螢火** 日影見ず咲てとく散る色もなし谷は螢ぞひかり成ける	なし	**絶不知戀** あふひ草人のかざしかとばかりも名をだにかけて問人もなし	問人もなし・とふ人もなし	**歸無書戀** 朝露は篠わけし袖にほしかねて夢かうつゝかとふ人もなし	袖　夢	**旅宿夜雨** 旅衣ぬぐや玉の緒夜の雨は袖にみだれて夢もむすばず
	花		日		草・あやめ		袖・衣手　ほし・ほさ　人		緒
櫻・花	**盧橘驚夢** 袖の香は花たちばなに殘れどもたえて常なき夢の面影	花	**四季題百首、花** 大方にいとひなれたる夏の日のくるもをしき撫子の花	なれ	**池朝菖蒲** あくるより今日引あやめ池水におのが五月ぞなれてわかるゝ	五月	**森五月雨** 侘人のほさぬためしや五月雨の雫にくたす衣手の森	手　森	**依戀祈身** ながらへよあらばあふせと手向して年の緒いのる森のしめ縄
	花		日		あやめ・草　なれ　わかるゝ・わかれ		侘　人　月		あら・有
河・川　波・浪　白　色	**河邊菊花** 大井川ゐせきの浪の花の色をうつろひ捨る岸の白菊	川	**河水流清** 秋の水清瀧川の夕日影木葉も浮かず曇る計は	木	**獨惜暮秋** また人の問ぬもうれし草木だになれてはをしき秋のわかれを	人　問・とは	**深山見月** 花ならでいたくな侘そとばかりも太山の月を人やとはまし	侘　とは・とひ	**古渡秋霧** 夕霧にこととひ侘ぬ角田川我友舟は有やなしやと
	花		葉		草・蓬		山		霧　侘ぬ
出る　花	**海上待月** 淡路嶋秋なき花をかざしもて出るもおそしいさよひの月	出る　月	**江邊曉萩** あけわたる萩の末葉のほのぼのと月の入江を出る舟人	あけ・朝け	**初秋朝風** 秋来ぬといふ計なる蓬生に朝けの風のふかはりよ	蓬・草	**鹿聲夜友** 山ざとの竹より外の我友は夜鳴鹿の庭の草ふし	聲・こゑ	**春秋野遊** おなじ野の霞も霧もわけ侘ぬ子日の小松まつ蟲のこゑ
	なき　月		人		風		聲・音　鳴		まつ蟲のこゑ・松蟲の聲
行　かへり・歸り　あふ・逢	**關路惜月** 逢坂は歸りこん日をたのみても空行月の關守ぞなき	行　關	**關路行客** 行人の形見もあだにおく露をはらひなはてそ關の秋風	露　風	**露底槿花** 秋風の上葉にためぬ白露をしぼらでひたす槿の花	花	**聞聲忍戀** 秋の霜にうつろふ花の名ばかりもかけずよ蟲の鳴音ならでは	蟲の鳴音・蟲の聲	**籬下聞蟲** みだれおつる秋のまがきの下露に涙色ある松蟲の聲
	月　なき		露　はらひ・拂　はて　風		白露		霜		色
風	**松間夜月** 袖近き色や緑の松風にぬるゝがほなる月ぞすくなき	風	**秋風滿野** 宮木野の木下露もほしはてで拂もやらぬ四方の秋風	露　野	**草露映月** 武藏野につらぬきとめぬ白露の草はみながら月ぞこぼるゝ	露	**田家擣衣** 露霜のおくての山田吹風のもよほすかたに衣擣也	山	**紅葉移水** 山川の時雨て晴る紅葉ばにそられぬ水も色まさりつゝ
	風		露　やら・やれ		野　つらぬき・ぬく　露　み・見　ながら		衣		山　時雨・時雨る　紅葉ば
山・峯　山　かぜ・風	**山家初嵐** 秋風の雲にまじれる峯越て外山のさとに嵐はきにけり	き	**從門歸戀** 思ひやれ槇の門のさしながらきて歸るさの露の衣手	ながら　露	**野亭夕秋** 秋萩に玉ぬく野邊の夕露をよしやみださで宿ながら見ん	夕	**聞月七夕** 天河文月は名のみかさなれど雲の衣やよそにぬるらむ	らむ・らん	**山中紅葉** 山めぐり時雨るおくの紅葉ばのいく千しほとかこがれはつらん

注・

1 「袂」と「袖」

「袂」「たもと」→袖。また、和服の袖の下の袋状の部分。

2 「山がつ」と「里人」

「山がつ」→きこりや猟師など、山里に住む身分の低い者。

「里人」→同じ里に住んでいる人。その地方に住んでいる人。

※「里」→（都に対して）地方。いなか。

3 「園生」と「庭」

「園生」→野菜・果樹・花などを植えた区域。

「庭」→家屋の周りの空き地。また、庭園。

※「園」とは、草木や果樹を植える場所を言う。

☆4 「草」と「あやめ」

「あやめ」→草の名。葉が剣の形で、芳香をもつことから、邪気をはらうとされ、端午の節句には、軒や車に差した。

5 「あけ」と「朝け」

「朝け」→「朝明け」の略。明け方。

6 「蓬」と「草」

「蓬」「よもぎ」→草の名。葉の裏の綿毛をモグサにするところから、「さしもぐさ」「させもぐさ」とも呼ばれる。邪気をはらうものとして、五月五日の端午の節句には軒に葺いたり、男子の誕生の際には桑の弓で蓬の矢を射たりした。また、蓬は「葎」や「浅茅」と並んで、荒廃しきった住居を象徴する代表的な雑草となっている。

※「百人一首」には、「むぐら」と「くさ」「あさぢ」と「くさ」「遠島百首」には「あさぢ」と「くさ」のつなぎことばがある。

7「わたつみ」と「海」

「わたつみ」↓「海。大海」の意。

8「白玉」と「露」

「玉」↓（涙や露など）丸い形のものをたとえていう語。

〔例〕白玉かなにぞと人の問ひしとき露と答へて消なましものを

（新古今・哀傷・八五一・在原業平、伊勢・六）

〈歌意〉いとしい人が、あれは白玉ですか、なんですかと尋ねたとき、あれがはかない露さと答えて、露が消えるように、私も消えてしまえばよかったのに。

9「本」と「まこと」

「本」↓「まこと。ほんと」の意。

「藤川百首」冬の部

初冬時雨 けふそへにさこそ時雨の音信て神無月とは人にしられめ	高山待月 比叡の山峯の木がらし拂夜は心きよくも月を待哉	寒夜水鳥 おきとめず松を嵐の拂夜は鴨の青羽の霜ぞかさなる	月羈中友 夕月夜宿かりそめし影ながら幾有明の友となるらん	隔遠路戀 わたつみや幾浦々にみつしほの見らくすくなき中の通路
逐日懐舊 天の戸の明る日毎にしのぶとて知らぬ昔はたちもかへらず	海路眺望 知るらめやたゆたふ舟の波間より見ゆる小嶋の本の心を	海邊松雪 住吉の松やいづくとふる雪にながめもしらぬ遠つ嶋人	曉更寝覺 明やらぬ鳥の音ふかくおく霜に寝覺くるしき世々の古事	湖上千鳥 にほの海や月待浦のさよ千鳥何の嶋をさしてなくらん
古寺初雪 むかしべや何山姫の布さらす跡ふりまがへ積る初雪	庭雪厭人 我門は今日こむ人に忘られね雪の心に庭をまかせて	霜埋落葉 朝霜の庭の紅葉は思しれおのが下なる苔の心を	雨中緑竹 色かへぬ青葉の竹のうきふしに身をしる雨の哀世中	水郷寒蘆 蘆の葉も下をれはてて三嶋江の入江は月の影もさはらず
山中瀧水 雲ふかきあたりの山につゝまれて音のみ落る瀧の白玉	途中契戀 道のべの井手の下帯引むすび忘れはつらん初草の露	寄草述懐 引捨るためしもかなしかきつめしおどろの道の本の朽葉は	疑眞僞戀 たがまこと世の僞のいかならんたのまれぬべき筆の跡かな	忘住所戀 いかにせむたのめしさとを住の江の岸に生てふ草にまがへて
浪洗石苔 はやせ河岩打波の白妙に苔のみどりの色ぞつれなき	歳暮澗氷 今幾日打出る波のはつ花も谷の氷の下に行らん	祈不逢戀 行かへりあふ瀬もしらぬ御祓川かなしき事は數まさりつゝ	屋上聞霞 眞木の屋に霞の音もとだえつゝ風の行末になびく村雲	山家夕嵐 暮かゝる四方の草木の山かぜにおのれしをるゝ柴の袖がき

14　別れの行方

延応元年（一二三九）隠岐。四、五日、風を待つ。水色の空に幾片か、ちぎれた白い雲が横に流れていく。いよいよ隠岐を発とうとして、亀菊は、わずかな身のまわりのものを携え、おつきの者達と舟着き場に来ていた。見送りに村上家の一族郎党や島民、近所の童べなど、思いがけず数多の人々が集まってくれていた。この島の人々が、十九年もの間、都からやって来た者達をいかに優しく温かく見守っていてくれたか改めて気づかされるのであった。亀菊は、彼等一人一人に丁寧に礼を言って、舟に乗ろうとした。

そこに義綱が近づいてきて、何か布に包まれたものを亀菊の眼の前にサッと突き出した。

「どうぞ、これを……」

「おおきに」受け取って、義綱をみつめた。

と、義綱の強いまなざしに、亀菊は一瞬、たじろいだ。次の瞬間、亀菊は、その大きな体にわが身が抱きしめられたような幻覚におそわれた。不思議な酔いにめまいがした。涙があふれ、泣き顔になった亀菊を、義綱は心配そうにみつめている。涙をふきながら、亀菊は舟に乗り、もう一度、並んでいる人らに向かって深々と頭をさげた。

舟はギイギイと動き始めた。岸辺に立つ人の姿がだんだんと遠くになっていく。みんな、何やら叫んでいるが、何と言っているのかわからない。一番前のほうで大きく力強く手をふっているのが義綱殿であろうと亀菊はぼんやりそう思った。

しばらく、うつろな気持ちで舟の単調な櫓（ろ）の音を聞いていた。ようやく我に返り、亀菊は義綱から別れ際に渡されたものを開けてみた。金糸銀糸が混ざっている、何色もの糸で織られた豪華な布地に丁寧に包まれていたものは柘植（つげ）の櫛（くし）であった。手に持つと不思議にずしりと重みを感じた。文が添えられている。開くと、濃い墨色で力強く右肩上がりに書かれた一文が目に飛び込んだ。

「きっと、隠岐の地にお帰りあれ、いつまでもお待ち申す」

いくつかの小島が、遠くにかすかに見えていた。舟は蒼い海に取り囲まれていた。住んでいた島はどちらの方角にあったのか。舟は、いずこの方角に向かおうとしているのか。何もわからなかった。舟は心細そうに大海原に取り残されていた。「菊は、まことを申すなら、心の奥底で義綱殿をずっとお慕い申していたのかもしれません。多分、初めてお会いした時から」心の中で呟く。と、あわててそのことばを飲み込む。頭上を白い海鳥が低空飛行してパタパタと横切った。

仁治二年（一二四一）、都。定家八十歳。二年前、後鳥羽院はついに御還幸なさることなく遠島の地で崩御した。そのまた二年前には歌仲間の藤原家隆も八十歳でこの世を去っていた。また、その他の友や知り合いや身内もどんどん亡くなっていった。このところ、とり残された寂しさが、老いの身をヒシヒシとさいなんでいた。

今年は、桜も時鳥（ほととぎす）も蛍も、今生の見納め聞き納めと思って過ごした。暑くなってきてからは、屋敷の外にも出ず、あれほど好きだった草木を愛でることもなくなっていた。

心なしか、庭の白八重桜も、所在なげに立っている。

そんなある日、金吾がやって来た。

「父上っ、祖父様は、九十一歳でみまかられるまで、ご壮健であらしゃいました。その年齢を思いますに、まだまだ、父上はお若い。お元気であらせられませ」

「わしは、父とは違って、もともと体が弱くてな、童の頃は病がちで死にかけるなぞして、病をいつも友としておったでな。ここまで生きてこられたのが、不思議なほどなんじゃ」

八月に入ると、いよいよ食が進まなくなり、力が入らず、寝込む日が多くなった。夢現の状態になり、気がつくと、親族が入れ代わり立ち代わり、己の周りに集まってきている。

「父上、くだものはいかがですか。何か、お口に入れないと」

金吾の声がしている。相変わらず、せわしない奴じゃ。でも、わしより出世して今や大納言様ではあるがな。わしは目を閉じて寝ているふりをすることにした。

わしはおぼつかない足どりながらもなんとか庭に這(は)い出していた。すると、光が頭の上から真っ直ぐ差してくる。まばゆいほどだ。あたりが不思議なくらいに明るい。ふと目に入った。わしの立っている足もとと同じ高さに大きな川が東から西へゆったり向こうを流れているではないか。川の水はキラキラ光りを集めてとても綺麗だ。この川はどこに続くのだろう。わが屋敷の庭に、こんな川がいつできたのだろう。考えがまとまらない。

左手から一艘の舟が近づいてくる。その舟には三人の女人が乗っている。真ん中の一人は、鼓を抱えている。そばの一人は立って、その鼓を抱えている女人に唐かさをさしかけているように見える。もう一人は、櫓を漕いでいる。大きな舟を、女人の力とは思われぬほど淡々とした表情で動かしている。で、横顔を何気なく見ると、なんと、それは亀菊ではないか。わしは思わず、大声を出した。そのつもりだったが、声はかすれ、力が出ない。

「おい、待たれよ。今行くから。わしも、その舟にのせてくれ。ほんま、急いで行くからな」

亀菊はこちらを振り向くことすらしない。無表情だ。ほんに愛想が無い女や。昔からそうやったな。それとも、聞こえてないのか。

体が思うように動かないが、思い切って舟に近づこうとすると突然、体がフアッと軽くなって舟の近くの岸辺にたどりついた。と、川向こうに何人もの人声がするではないか。

人の影がぼんやり見えてくる。目をこらし、しばし、立ち止まってそちらの方角を見た。そこには、父や母や姉や兄、幼くして亡くなった子、友や知り合い、親類縁者らが、みんな揃ってこちらを見ている。次の瞬間、皆、優しい顔で笑いかけてきた。

目を転ずると、少し離れた所に、後鳥羽院や式子内親王のお姿も。こちらをご覧になられている。内親王様は、若き日、思慕の情やみがたく、夜も日も明けず夢中になったお方。あの頃は、父母にほんまに心配をかけてしもうた。わしの心の思い人、永遠の観世音菩薩様であられた。はじめて会った時のことが思い出される。

治承五年一月三日

「今日初参。仰せに依るなり。薫物馨香芬馥たり。」（「明月記」）

あの頃は、わしも若かったな。

あの頃と別れた頃と少しも変わらぬお姿のままであらしゃる。他の皆様方もお変わりなくて。

「後鳥羽院様、海を隔てての文のやり取り、面白うございましたなあ」

なんとなつかしや。なんとうれしや。みながこのわしを迎えに来てくれはってる。

「おおきに。ほんまにおおきに」

有り難いことじゃ。勿体無いことじゃ。

もう、わしはさびしゅうない。このところ、まことは、今だから白状するが、とてつもなく、さびしかったのだ。年を取り限りなくさびしいということは、心身が弱り死が迫り始め、もうすぐまぎれもなく、この世とおさらばしなければならぬということではない。この世での自分の居場所がだんだん確実に、この世に無くなっていっているという現実を見るということだ。まあ、わしは、今までも居場所らしき居場所はこの世にはなかったがな。わしがほんまにやりたかったのは、朝廷の要の位置で国の政に参加することじゃった。されど、微臣のごとき者にはな。唯一、できたとすれば、それは歌の世界でじゃ。それも一時期、宮中で歌を詠んでいた頃……。官位が多少あがろうとも。これも親類縁者の関係からな。勅撰和歌集の撰者に選ばれようとも。幕府に遠慮して思ったようなものが作れないなんてな。いつも心はさむくむなしかった。栄誉はお家の為にはなるが、わしにはな。歌について心から話せる友がまわりに誰もいなくなり、わしはたった一人になっていた。東の国の武者衆ふぜいに、わしの相手がつとまるはずもなかった。これからは、昔のように、夜が更けるまで、いや、夜が明けるまで、歌について語り合いましょうぞ。定家めは、また、己の思う所を誰はばかることなく、たとえ、天子様であっても申し上げますぞ。何しろ、鹿を馬と言いくるめる定家でござりまするからな。

注・後鳥羽院は「後鳥羽院御口伝」(成立は一二一二五年頃)の中で、次のように語った。

「定家は他人の作品を軽視し、自作を弁護する時は、まさに鹿を馬といいくるめ、他人の言葉を聞こうともしない。」

ニタリと頬を緩めた。どこからか、昔聞いた覚えのある歌が聞こえてきた。その懐かしい声は、しみじみと胸のそばで響いた。

かごめ
かごめ
かごの
なかの
とりは
いついつ
でやる

よあけの
ばんに
つると
かめが
すべった
うしろの
しょうめん
だあれ

かご
め
かご
め
かご
の
なか
の
とり

は
いつ
い
つ
で
や
る

この時、さあーっと霧が晴れるように歌の意味が解けた。こうである。

えーい。頭が高いぞ　かがめ　かがめ
宮中にあらしゃる龍王様は
かぐわしい香りを伴って
一体いつになったら飛び立たはるんどす（挙兵されるんどすか）
おてんと様が昇り天地を明るく照らし出す前には
必ず
いつだって
おどろおどろしい闇の時が有り

畏れを知らない輩は
不埒にも天地を統治致しました
今
龍王（後鳥羽院）様の正面を塞いでいる者は
誰どすか
黒幕の真ん中にいる者は
誰どすか
（早く阿奴らを御成敗下しゃんせ。）

注・かごめ↓かがめｏｒ（籠目↓六芒星↓六芒星に守られた）宮中ｏｒ香とともに（「ごめ」は接尾語で「～もろとも」の意）
注・かごのなかのとり↓かご（籠）は竹製で中にいる龍は鳥のように空を飛ぶ↓龍王（天子）※漢字の「籠」の竹冠を外すと龍となる
注・すべった↓統べった（統治した）

定家の閉じ合わせたまなじりから大粒の涙が一しずく左右に流れた。
金吾の声が遠くに聞こえる。
仁治二年（一二四一）八月二十日藤原定家没。八十歳であった。

終章

その1　後鳥羽院の呪詛（じゅそ）

定家が亡くなって数か月後の仁治三年（一二四二）一月。

御所の庭先。

先ほどから明るい笑い声が響き渡っている。とてもお天気の良い暖かな日であった。

御年十二歳の四条天皇は、新参の女房が献上した、珍しい滑（すべ）り石を削って白い粉にしたものを大切そうにお持ちになり、御所の渡り廊下にそれを女房らと塗り込まれていた。そこを通る者を滑らせて驚かせようという、ちょっとしたいたずら心からである。

帝は、まだ、少年の無邪気さをお持ちであられた。数名のおつきの者、女房や近習達は、そのような帝のあどけなき御遊びの毎度のおつきあいをこたびもしていた。

そして、この時、これがその後、とんでもない大惨事を招くことになろうなんて、勿論その場に居合わせた者は誰も想像だにしなかったはずである。

作業がお済みになると、帝は物陰にお隠れになり、いたずらの効果を見るべく、やって来た誰かが滑って転ぶのを今か今かとはやる気持ちを抑えられてお待ちになられた。

しない。

が、生憎(あいにく)、この日にかぎって宮中では大方の者が出払っていて、人が少なく、猫の子一匹通りはしない。

半時経つか経たないかで、すぐに、この御遊びに飽きられた帝は、

「今日は、もう、これで、しまいにするぞ」

と仰せになり、さっと、その場を離れようとなさった。

「あっ」

その場の空気を切り裂くような鋭く低く短い声がどこから聞こえたのか。

何がどうなったのか。バターン、バタン、バタンと大きな物音が三回聞こえた。

誰かが転んだのか。何が起こったのか。どうしたのじゃ。

なんと、どうやら、帝ご自身が転倒なされたようだった。

「ハハハ、朕の方がまちごうてすべってしもうたぞ」

と苦笑されて、お起きになるかと、その場に居合わせた者達は息を潜めながら一瞬待った。

が、なぜか、玉体は微動だにされないではないか。短い沈黙の後、幾人かがパラパラと帝のもとに駆け寄る。そのなかの一人年若い女房があたりもかまわず、大声を出して手放しで泣き始めた。

お打ち所がお悪かったようで、その後、帝の意識がお戻りになられることは無かった。

御所の中でこのような前代未聞の不祥事が起こるとは、重ね重ね由々(ゆゆ)しき事と言えた。側近の者どもの責任が当然問われるべきであった。

植え込みに菊紋が施された懐剣が置かれていた。また、このどさくさの中で、女房の一人が、いな

くなっているのも不審であった。

が、奇妙にも、朝廷の対応は、簡単なご詮議が済むと、すべてが不問に付された。

先年、隠岐の島で崩御なされた後鳥羽院の怨霊の仕業ではないかという確信に満ちた噂が早速、宮中、都中を飛び交い始めていた。

というのも、院は崩御の一年半前、隠岐の行在所で置文（遺言）をしたためられていた。その一部を次に記す。


「我は法華経に導かれ申し上げて、生死の輪廻転生からなんとかして逃れたいと思うのである。ただし百千に一つでもこの世の妄念に執着して、魔縁ともなるようなことがあったら、この世のために、障害をなすこともあろう。千万に一つでも我が子孫が天皇になることがあったならば、すべて我が力と思うがよい。（後略）」（水無瀬神宮文書、山田雄二訳）

四条天皇は、女御を迎えられていたが、跡継ぎはまだなく、男兄弟もおられなかった。承久の乱後、幕府が奉じた皇統はここに断絶したのである。

残されたのは、先年、崩御なされた後鳥羽院の子孫の皇統のみであった。

朝廷の主な勢力である九条道家や西園寺公経らは、佐渡島に遷幸なされている順徳院の皇子忠成親王を即位させようとした。が、幕府の執権北条泰時は、ここでも断固としてこれを拒否した。還幸案の時と同様、北条家がそれまでの歴史でやって来たことに少しの緩みも後世に見せてはいけないとしたのだ。

　そして、承久の乱に消極的であり、中立的立場をお取りになられた土御門院（順徳院の兄）の皇子の即位を主張した。

　朝廷と幕府のやり取りは続き、この間（十一日間）は天子不在の空位期となった。

　そして、幕府がとうとう新天皇を強行した。

「なんという嘆かわしき世になり果てたことか」

「天皇のご即位に東国の武者ふぜいが口をはさむなんて……」

「世も末だ」

　平家や源氏が権力の中枢にあった時も身の程知らずと思えたが、まだ、彼ら一党は天皇を先祖に押し頂く武者であった。平家は桓武天皇、源氏は清和天皇を押し頂いていた。

　しかし、北条なんぞ、東国のどこの馬の骨なのか。

　なんと恐れ多いことじゃ。なんという罰当たりな。

　宮中では、人々がそこここで囁き合いながらうなずいて嘆くこと、この上ない。

　それにしても、なにはともあれ、先に後白河法皇が皇統を認められた後鳥羽院の子孫に皇位は戻ってきて引き継がれたのであった。

　それから数か月後の六月十五日、土御門院の皇子をごり押しした北条泰時は原因不明の高熱に苦しみながら没する。

　この突然の泰時の死も、後鳥羽院の呪詛に違いないと確信した人々によって、その噂は都じゅうに広まった。

その2　チンギス・ハーンの正体

その頃、「元」の国の王が、わが国に使者を立てて親書をもたらしていた。

元とは、モンゴル帝国から始まって、当時、西は東ヨーロッパ、東は高麗（朝鮮半島）・中国まで史上最大の領土を広げていた大国である。

その大国からの突然のアポに朝廷は動揺を隠しきれなかった。文字通り、上や下への大騒動である。親書の内容には、我が国に対する無礼な箇所も認められたが、連日の合議の末、とりあえず、返書しようということに、朝廷内では、まとまった。大方の準備が整い、それではという段に至った。すると、幕府がまたまた、チャチャを入れてきた。返書など送るに及ばず。無視するが肝要であると。

本当のところは、幕府は朝廷以上に動揺していた。この出来事は、幕府の危機と言っても過言ではなかった。

しかし、この段階では、もう覚悟を決めなくてはならなかった。

ついにこの日が到来したか。

幕府はよく承知していた。

既に調査済みであった。元国の頂点に君臨する王の正体が一体誰であるのかを。

王の名はフビライ・ハーン。建国の祖チンギス・ハーンの孫にあたる。

チンギス・ハーンとは、どういう人物だったのか。

それは、その昔、主君の為に海を越え大陸に渡り、源義経の身代わりを演じた暴れん坊の知恵者、源義経家臣武蔵坊弁慶であった。

学問好きだった弁慶は、若い頃、寺で兵法の書物も読んで戦の仕方もよく心得ていた。戦の際は、この男は体格も良かったので他の兵士よりも、ひときわ長く大きな刀を振り回し先陣を切ったという。その刀は大陸では見慣れないものであったという。

モンゴル帝国の国章には、青色の地に真ん中に丸い円（太陽？）、その下に舟、その上に火のような、漢字の山のようなものが描かれていた。建国の歴史で言えば、舟ではなく馬のはずである。日の本の国から舟で青い海を渡ったルーツがそこに示されていたのではないか。

フビライは、幼少の頃、祖父によく可愛がられた。

膝の上で、海の向こうの東の果てにある国の話をよく聞かされた。

その国には美しくキラキラと光り輝く黄金で造られた宮殿も建つという。フビライは、西洋からの客人マルコ・ポーロからもそれと似たような話、東洋の黄金の国ジパングの話を聞いた。金の豊富な産出国であり、季節の変化に満ち四季のある美しい国から、何故、祖父は、はるばると海を渡ってきたのだろうか。

それはお仕えしていた情け深き主君のためであったと。いや、もっと正確に言うなら主君のお妃のためだったかもしれぬと。ここだけは小声になり、照れくさそうにバツの悪そうな表情を見せながらフビライに囁いた。

『美しい国を邪悪な者どもが支配しようとしていた。われらは、主君を擁護して、奴らから逃げていた。生まれたばかりの若君を殺された、よるべなき美しきお妃。そのおそばにいて慰めてほしい、国をお守りしてほしいと主君に、われらは嘆願した。結果、主君の身代わりとなり、われらは故意に主君の姿を本国に見せながら逃げてきた。そうすれば、国の外に逃れたはずの主君がもう追われることもないだろうと思ったからだ』

後に、成長したフビライ・ハーンは、ある時、この祖父に聞かされた話を思い出した。そして、祖父は主君のお妃に人知れず好意を抱いていたのではなかったかということに思い至った。恋する人の為、故国を捨て、命がけで海を渡ったということに。フビライは、後宮が何千人と数えきれぬほどいた祖父の若き日の純情を想像した。

そういうわけで、フビライが、他国とは異なる特別な思いを日の本の国に抱くようになっていったのは当然と言えば当然であった。

しかし、日の本の国の幕府は過剰ともいえる反応をした。

すわ、幕府を倒しに奴らがやって来たと思った。

属国の高麗を通して、数回、交易を求める文を携えた使者を送った元国であったが、完全無視されたので、やむをえず、今度は兵士も送ることにした。

高麗国に舟を造らせ、その舟に何万ものモンゴル人や高麗人の兵士を乗せた。文永十一年(一二七四)日本国に着くと、九州北部の武士団がこれに対抗し撤退させた。次に、やって来た使者達は、幕府によって問答無用で斬り殺された。

元国にとって、日本国とのまさかの本気の戦が始まった。

文永・弘安二度の戦いとも元国側の兵士に勝つことができたのは、九州の武士団の激しい抵抗と神風のお陰であると言われている。

幕府の勝ち戦で終わったが、実は、この戦が幕府にもたらした衝撃と疲弊は想像以上に大きかった。幕府の勢いは、この二度の戦を境に徐々に衰退していった。

御家人達は、国内の戦とは異なり、恩賞配分のあまりの少なさに幕府に不平不満を抱くようになっていく。

幕府は次第に弱体化していった。

後鳥羽院が挙兵し隠岐の島に遷幸された約百年後。

かつての後鳥羽院と同じように、幕府と敵対し、やはり隠岐の島に遷幸された後醍醐天皇であられたが、今度は隠岐の島から逃亡された。この時、島の人達も御逃亡をお助け申し上げたと聞く。その後、後醍醐天皇は武士団等を率いて北条氏を攻めた。

正慶二年（一三三三）。北条氏滅亡（鎌倉幕府滅亡）。

一時期、国の全権は朝廷にもどったかに見えたが、長くは続かず、すぐに家臣の足利尊氏らが反旗を翻した。足利幕府（室町幕府）が作られ武者の世はその後も続いていった。

幕府から朝廷に実権が戻るのは、あと約五百年待たなければならなかった。

その3　人々の思い

慶応三年（一八六七）大政奉還。二百六十五年つづいた徳川幕府が政権を朝廷にお返しした。江戸城無血開城で、明治の時代となり、維新に功労のあった者達を中心にして明治政府が生まれた。明治三十二年（一八九九）。正岡子規は「歌詠みに与ふる書」を新聞『日本』（現朝日新聞）に連載していた。その中で「小倉百人一首」について次のように語った。

「最普通なる『小倉百人一首』は悪歌の巣窟なり。その中にて初の七、八首はおしならして可なれど、それより後の方は尽く取るに足らず、これが定家の撰なりや否やは知らず。いづれにしても悪集は悪集なり」

子規も「小倉百人一首」に何か腑に落ちないものを感じていたことは、このことばから明白である。この子規のことばがあったからかどうか、「小倉百人一首」の撰者は藤原定家と言われているがどうなんだろう……として長い間、「小倉百人一首」の撰者が確定しなかった。また、子規のことばがあったからかどうか、短歌の世界は百年遅れたともいわれている。

その後、先の戦争が起こり、戦後、民主主義国家となり、天皇は国の象徴となられた。「小倉百人一首」の作者がはっきりしたのは、昭和二十六年（一九五一）である。宮内庁書陵部で「百人秀歌」（「小倉百人一首」とほとんど同じもの）につけられた「奥書」が発見された。

筆跡鑑定の結果、定家のものに間違いなかった。

「奥書」には次のように書かれていた。

「名誉の人、秀逸の詠、皆これを漏らす。自他の傍難あるべからざるか」

単なる古今東西の名歌を集めた歌集ではないと定家はここにはっきりと断っていた。この歌集の別の目的については広言していなかったけれど。

「小倉百人一首」は、その似たようなことばの言い回しの歌が多いことから江戸時代には「百人一首カルタ」ともなり人々に親しまれ、今では人口に膾炙(かいしゃ)している。

「遠島百首」も島根県隠岐郡海士町観光協会がカルタ化して販売している。

今上天皇は、後鳥羽院の子孫である。皇統は今も脈々とこの国の人々に守られて受け継がれている。

定家の傍流の子孫（冷泉家）も隠岐の村上家も血脈は現代に続いている。

平成最後の一昨年（二〇一八）は、久しい武者の世が終焉し、明治になってから百五十年の節目の年にあたった。定家没後、七百七十七年でもあった。

昨年の令和元年（二〇一九）は御代替わりの年となり、今年は令和二年だ。令和の時代は疾(と)うに始動している。

《了》

参考（引用）文献　順不同・敬称略

『海士町史』田邑二枝

『隠岐の後鳥羽院』田邑二枝

『隠岐の後鳥羽院抄』田邑二枝

『古文書から見た村上家の研究』田邑二枝

『史伝　後鳥羽院』目崎徳衛

『後鳥羽院　第二版』丸谷才一

『梁塵秘抄』植木朝子〈編訳〉

『藤原定家』久保田淳

『新古今和歌集全評釈』久保田淳

『訳注　藤原定家全歌集』久保田淳

『訓読明月記』今川文雄〈訳〉

『定家明月記私抄』堀田善衛全集より

『平家物語全注釈』冨倉徳次郎

『式子内親王』平井啓子

『成吉思汗の秘密』高木彬光

『現代語訳　吾妻鏡』五味文彦・本郷和人〈編〉
『絢爛たる暗号』織田正吉
『百人一首の秘密』林直道
『簡明　小倉百人一首』山岡萬謙〈編著〉岡野弘彦〈監修〉
『詳説古語辞典』三省堂
など

あとがき

一九五一年、有吉保氏が藤原定家撰の「百人秀歌」（「小倉百人一首」とほぼ同じ）を発見した。これにより「小倉百人一首」の撰者はやはり定家だったことが確定される。

一九七八年、「小倉百人一首」という歌集には定家の暗号があると織田正吉氏が初めて提唱した。つなぎことばで、縦十八首×横十八首に組み合わせた。一九八一年、これを受けて、十首×十首に並べ、そこに風景が浮かぶとしたのが林直道氏である。

林氏の並べ方に納得のいかない（つながらない）所があると思ったので、筆者は新たなる並べ方に挑戦してみた。そして、林氏とは別の風景を見たのである。

歌を贈られたら返す（贈答歌）という風習（エチケット）が、定家の生きた時代にはあった。「百人一首」が定家の後鳥羽院への文であるなら、その返信は、院が隠岐の島で詠まれた「遠島百首」であり、それに対する定家の返信が「藤川百首」ではなかったか。この三つの歌集（定家と院の往復書簡）は、五行説を用いてそれぞれ十首×十首で百首全てがつながったのである。

二〇一四年発表した拙著の内容を絞り、小説の形にしたのが「定家の文―百人一首の向こう側―」である。郁朋社さんから今回、出版していただけることになり、大変感謝している。コロナウィルス禍の最中、メールなどでやり取りをさせてもらった。その通信文の一部に感銘を受けたので、ご本人（郁朋社佐藤社長）の許可をいただき、次に紹介したい。

「東京では躑躅やハナミズキが見頃となっています。天気の良い日に花々を眺めていると現実の騒動が信じられないほどの穏やかな春の陽気です。一日も早く世の中が正常に戻ることを祈るばかりです。」

二〇二〇年　夏

著者

【著者紹介】

合六　廣子（ごうろく　ひろこ）

1951 年　宮崎県宮崎市生まれ
1974 年　長崎大学教育学部卒業
2011 年　高校教諭定年退職
著書
『歴史スペクトル　百人一首を読み解く』(2014 年　鉱脈社)
『受け継がれる思い　裏読み百人一首』(『歴史スペクトル　百人一首を読み解く』改訂版　2016 年　鉱脈社)

定家(ていか)の文(ふみ)　──百人一首(ひやくにんいつしゆ)の向(む)こう側(がわ)──

2020 年 8 月 23 日　第 1 刷発行

著　者 ── 合六(ごうろく)　廣子(ひろこ)

発行者 ── 佐藤　聡

発行所 ── 株式会社　郁朋社(いくほうしや)

〒 101-0061　東京都千代田区神田三崎町 2-20-4
電　話　03（3234）8923（代表）
ＦＡＸ　03（3234）3948
振　替　00160-5-100328

印刷・製本 ── 日本ハイコム株式会社

郁朋社ホームページアドレス　http://www.ikuhousha.com
この本に関するご意見・ご感想をメールでお寄せいただく際は、
comment@ikuhousha.com までお願い致します。

 ISBN978-4-87302-720-3 C0093